MARY ANN FOX

Je süßer das Gift

aufbau taschenbuch

MARY ANN FOX, Jahrgang 1978, verdiente sich ihr erstes Geld in einer Gärtnerei. Der Liebe wegen ging sie nach dem Studium nach England und arbeitete dort als Fremdenführerin, als Deutschlehrerin und dann im Botanischen Garten in Oxford. Sie lebt mittlerweile wieder in Hamburg und träumt von einem eigenen Garten, in dem sie das Meer rauschen hören kann.

Im Aufbau Taschenbuch sind ihre Kriminalromane »Je tiefer man gräbt«, »Je dunkler das Grab«, »Je kälter die Asche«, »Je länger die Nacht«, »Je höher die Flut«, »Je lauter der Sturm« und »Je stiller der Tod« lieferbar.

Eigentlich würde Mags nichts lieber tun, als mit Feuereifer an ihrem neuen Gewächshaus zu arbeiten. Doch als ihre Freundin Clara sie bittet, als Gartenexpertin eine Reisegruppe zu begleiten, lässt Mags ihren Ehemann Sam und ihr Cottage zurück und fährt mit einer bunt zusammengewürfelten Gruppe aus Gartenliebhabern in die schönsten Gärten Südenglands. Mags lernt nach und nach ihre Reisebegleiter kennen, genießt die wunderbare Natur und die ungewöhnlichen Hotels. Doch die gute Stimmung wird von einer Reihe mysteriöser Vorfälle getrübt, und eines Tages findet Mags die Leiche einer Mitreisenden im Liliengarten. Die Polizei glaubt an Selbstmord, doch in Mags keimt ein ungeheuerlicher Verdacht …

MARY ANN FOX

JE SÜSSER DAS GIFT

EIN CORNWALL-KRIMI

atb aufbau taschenbuch

FSC
www.fsc.org
MIX
Papier | Fördert gute Waldnutzung
FSC® C083411

ISBN 978-3-7466-3923-9

Aufbau Taschenbuch ist eine Marke
der Aufbau Verlage GmbH & Co. KG

1. Auflage 2022

Umschlaggestaltung www.buerosued.de, München
unter Verwendung von Motiven von © mauritius images/
Catharina Lux und © mauritius images/Steve Vidler
Gesetzt aus der Sabon durch Greiner & Reichel, Köln
Druck und Binden CPI books GmbH, Leck, Germany
Printed in Germany

www.aufbau-verlage.de

»War von Liebe überwältigt.«

Vita Sackville-West

SISSINGHURST, KENT

Der Kuckuck ließ sich auf seinem bevorzugten Platz nieder, einem frei stehenden Ast der großen Buche. Es war noch früh am Morgen, und er genoss die ersten warmen Sonnenstrahlen auf seinem Gefieder. Der Tag würde trocken und warm werden – und jetzt, Ende Mai, konnte er das aus vollem Herzen genießen. Sein Weibchen hatte ihr Ei erfolgreich in das Nest einer Amsel gelegt und war dann weitergezogen. Er würde noch einige Wochen am Rande des Gartens und der umliegenden Landschaft mit ihren weiten Feldern und Wiesen verweilen, bevor er sich auf seine weite Reise nach Afrika begab. Seine Art legte den langen Flug langsam zurück, hielt an, wenn sie neue Kraft brauchte, und hatte so nicht nur eine Heimat, sondern gleich mehrere. Doch hier war einer seiner Lieblingsplätze. Er sah sich um und ließ dann mehrmals laut seinen Ruf erschallen. Für die nächsten Wochen gehörte der Garten in den frühen Morgenstunden ihm, das war sein Recht, und alle sollten es wissen. Er würde sich erst auf die Wiesen zurückziehen, wenn die Reisebusse und die Menschen kamen. Menschen waren taub für die Bedeutung seine Rufe. Wie für so viel anderes auch.

Er schrie noch einmal stolz, stieß sich dann ab und

ließ sich in einem sanften Gleitflug über den Garten mit seinen Mauern und Hecken treiben. Er mochte das Muster, das die Wege und Beete bildeten und das ihn an die mäandernden Flüsse und Ströme erinnerte, die er auf seinen Reisen jedes Jahr sah. Er überflog den weißen Garten mit den duftenden Rosen und dichten Ranken, den Senkgarten, aus dessen warmer Tiefe noch früh am Morgen die Wärme des letzten Tages zu spüren war, überquerte den Laubengang, durch dessen dunkle Blättermauern noch kein Lichtschein gedrungen war, und ließ sich schließlich auf dem Torbogen nieder, der den Eingang zum Liliengarten bildete. Vereinzelt hatte er Menschen in seinem Garten gesehen, aber sie liefen leise und still über die Wege, die Stimmen zu einem Flüstern gesenkt. Frühe Besucher, die ihn aber nicht stören würden. Noch einmal ließ er seinen Schrei ertönen, nur um sicherzugehen, gehört worden zu sein.

Vom Torbogen aus sah er, dass die stolzen Blumen ihre Blüten noch nicht geöffnet hatten, doch schon drang ihr süßer Geruch schwer zu ihm herauf. Er hatte auf seinen Flügen schon viele der wilden Verwandten der Lilie gesehen, aber die von Menschen geformten und veränderten Blumen hier waren mit nichts anderem zu vergleichen.

Nicht viele Tiere wagten sich in ihre Nähe, nur einige Insekten würden bald die geöffneten Blüten trunken von Duft umschwirren.

Er ließ seinen Blick über den von einer Steinmauer eingefassten Garten gleiten und stellte fest, dass er nicht alleine war. Vor einer Bank inmitten der Beete lag ein Mensch, zusammengekrümmt, aber nicht schlafend. Der Kuckuck flog auf und stieß warnend seinen Ruf aus.

Denn eingehüllt in das erste Morgenlicht hatte der Tod den Garten besucht.

1

ROSEHAVEN, CORNWALL, DREI TAGE ZUVOR

»Und du kannst wirklich nicht mitkommen?«

Mags Blake stellte ihren kleinen Reisekoffer neben sich ab und blickte in das Gesicht ihres Mannes. Die Morgensonne schien ihm sanft auf seine Sommersprossen, und seine Haare, noch vom Schlaf zerzaust, leuchteten rotgolden. Sie konnte nicht anders, als sich auf die Zehenspitzen zu stellen, mit einer Hand in sein Haar zu fassen und ihn näher an sich zu ziehen.

»Ich wünschte, das könnte ich. Du wirst mir fehlen.«

»Du mir auch.«

Mags seufzte und ließ ihn los. Sam, ihr Mann, die Liebe ihres Lebens und seines Zeichens Historiker und frischgebackener Jugendbuchautor, stand kurz vor der Abgabe seines neuesten Romans und hatte in den vergangenen Wochen jede freie Sekunde genutzt, um zu schreiben. Da sie selbst mit ihrem stetig wachsenden Unternehmen, dem Evergreen Gartenservice, gerade im Frühjahr bis über beide Ohren in Arbeit steckte, waren gemeinsame Stunden in letzter Zeit rar gewesen.

Der Gedanke an ihre Firma und die unzähligen Aufgaben, die sie dort erwarteten, ließ sie die Stirn runzeln. Nachdenklich schaute sie auf ihren Reisekoffer und dann über die Zufahrt vom Cottage hinüber zu den alten Stallungen, in denen sie im letzten Jahr ihr Büro und die Lagerräume eingerichtet hatte. Eingefasst von den grob gehauenen Steinmauern leuchteten die hellgrünen Fensterrahmen in neuer Pracht, und ringsherum rankten Clematis und wilder Wein um die Wette. Neben den Stallungen war eine Fläche von acht mal vier Metern freigelegt und einen Meter tief ausgehoben worden. Dort würde in zwei Wochen ihr neues Gewächshaus errichtet werden. Eine große Investition in die Zukunft, aber wenn sie erst einmal die Gärten, die sie mit ihrer Firma plante und umsetzte, mit eigenen Pflanzen bestücken könnte, würde es sich hoffentlich auszahlen. Auch viele der Ferienhausbesitzer, die den Evergreen-Service nutzten, um die Gärten ihrer Cottages perfekt aussehen zu lassen, wünschten sich neben einer dauerhaften Bepflanzung auch immer wieder neue leuchtende Beet- oder Kübelpflanzen. Bisher hatte sie die immer über ihre Freundin Cynthia, die eine Gärtnerei besaß, bezogen. Aber schon im nächsten Jahr würde sie ihre eigenen Pflanzen dafür nutzen können.

Nachdem sie im Winter viele erfolglose Stunden damit verbracht hatte, das perfekte Gewächshaus zu suchen, hatte sie sich schließlich selbst an den Zeichentisch gesetzt. Ein lang gestrecktes Haus mit Türen an beiden Enden. Parallel verlaufende, breite Arbeitstische auf zwei Ebenen, wo die unterschiedlichsten Blumen stehen könnten. Im Boden versenkt um einen Meter, wie es bei den frühen viktorianischen Gewächshäusern üblich war. So wurde die Wärme optimal bewahrt und die Gefahr, dass die zarten Pflanzen durch einen unerwartet späten Frost zerstört wurden, minimiert. Im Notfall würde sie das Gewächshaus auch mithilfe einer Solaranlage auf den Dächern der Stallungen beheizen können. Das Haus würde im Windschatten der Stallungen liegen und dadurch vor Stürmen geschützt sein. Vielleicht könnte sie auf der Wiese dahinter auch noch anfangen, erste eigene Bäume und Büsche zu pflanzen …

Sie schrak auf, als Sam sich neben ihr laut räusperte.

»Was?«

»Du hast so versonnen ausgesehen. Ich würde ja hoffen, dass ich der Grund dafür bin, aber ich befürchte, das Gewächshaus hat mir den Rang abgelaufen, oder?«

Mags wurde rot und griff nach seiner Hand.

»Erwischt. Ich kann es kaum erwarten, bis die Arbeiter die ersten Wände aufstellen. Am liebsten würde ich heute schon damit anfangen, die ersten Pflanzen auf die Tische zu stellen. Aber ich werde dich vermissen.«

Sie sah ihn nachdenklich an.

»Sam? Hab ich mich wieder einmal breitschlagen lassen?«

Ihr Mann schüttelte den Kopf.

»Das denke ich nicht. Ich glaube sogar, dass du auch ganz ohne die Überredungskunst von Miss Clara mitgefahren wärst – es ist doch perfekt, oder?«

Miss Clara war Mags' ehemalige Vermieterin,

ihre engste Vertraute und neben Sam der wichtigste Mensch in ihrem Leben. Miss Clara war im letzten Jahr an Krebs erkrankt und hatte es nach Bestrahlung und Chemotherapie geschafft, ihn zurückzudrängen. Mags wusste, dass der Preis dafür hoch gewesen war und dass Clara riesige Angst vor neuen Tumoren hatte. Umso mehr genoss sie jede Sekunde, die sie mit ihrer Freundin verbringen konnte.

Als Clara dann vor einigen Wochen zu ihr gekommen war, um ihr von der Chance auf eine Gartenreise nach Südostengland zu erzählen, hatte sie nur kurz gezögert, dann aber schnell zugesagt.

Vor allem, da Mags, im Ausgleich für ihr Fachwissen und die Bereitschaft, als Gartenexpertin für die Gruppe zu fungieren, umsonst mitfahren durfte. Miss Claras Freundin Rose Callwey führte nämlich mit ihrer Frau Beth ein Reiseunternehmen, das sich auf exklusive Gartenreisen in England spezialisiert hatte.

Rose war dabei die Frau für alles Organisatorische, kümmerte sich um Unterkünfte, Transport, Essen und darum, dass es den Teilnehmern auch sonst an nichts fehlte. Und ihre Frau Beth war als Biologin und passionierte Gärtnerin für die Inhalte zuständig. Sie führte durch die Gärten, knüpfte Kontakte zu den Stiftungen, schaffte es, dass auch private Gärten ihre Tore öffneten, und konnte laut Miss Clara zu jedem Garten in England mehr erzählen als irgendjemand sonst, den sie kannte.

Miss Clara hatte Beth im Krankenhaus kennengelernt – auch bei der um einige Jahre jüngeren Frau hatte der Krebs zugeschlagen. Beth war, im Gegensatz zu Clara, noch so geschwächt, dass eine Reise nicht infrage kam.

Und da hatte Miss Clara, rührig wie immer, Mags ins Spiel gebracht. Sie selbst und ihr Mann Eric würden als Gäste mitreisen, Mags würde an Roses Seite den Teilnehmern als Fachfrau für alle Fragen zur Verfügung stehen.

Geplant war eine exklusive Gartenreise mit zehn Teilnehmern durch Südostengland. Und zum Abschluss der Reise ein ganzer Tag im Royal Garden in London. Ein Traum, doch Mags merkte, wie sich ihr Magen jetzt, wo es losgehen sollte, zusammenzog.

»Ja, es ist eine perfekte Gelegenheit, aber ich kenne die Gärten doch gar nicht so gut wie Beth. Was, wenn …«

Sam unterbrach sie.

»Du hast in den letzten Wochen alles, wirklich alles gelesen, was du über die Gärten in die Hände bekommen konntest, oder? Und du hast einige davon doch auch schon besucht.«

»Ja, aber das ist Jahre her. Ich war mit meinem Vater dort.«

Wie immer, wenn Mags an ihren Vater dachte, der vor Jahren bei einem Autounfall gestorben war, musste sie schlucken. Zu kurz war ihre gemeinsame Zeit gewesen, und sie wünschte sich sehr, dass er sehen könnte, was sie mittlerweile alles erreicht hatte.

»Das ist doch nicht schlimm. Du wirst dich zurechtfinden, du weißt, wie die Gärten aufgebaut sind. Du warst die letzten Tage ständig bis zur Nasenspitze in Büchern versunken. Du warst eine ganz vorbildliche Streberin, schlimmer sogar als ich!«

Mags merkte, wie sich der Anflug eines Lächelns in ihre Mundwinkel stahl.

»Wenn du das so ausdrücken willst.«

»Und in jedem der Gärten wird die Gruppe doch zusätzlich von einem der Gärtner geführt – du bist ja sozusagen nur die Frau im Hintergrund. Und was für eine Frau!«

Sam grinste, aber Mags nickte nur. Rose hatte sich ans Telefon gehängt und ihre Kontakte spielen lassen. Die Gruppe würde vor Ort jeweils von einer der Gärtnerinnen oder einem der Gärtner herumgeführt werden – und Mags wäre danach Ansprechpartnerin für alle zusätzlichen Fragen. Es war alles organisiert, nur hatte sie nicht damit gerechnet, so nervös zu sein. Lampenfieber. Eindeutig Lampenfieber. Dagegen war kein Kraut gewachsen.

»Also hol Luft, lass die Schultern fallen, und freu dich einfach auf die Woche. Du wirst Zeit mit Clara und Eric verbringen können, dabei eine Menge toller Gärten sehen, du wirst rundum versorgt werden und dich um nichts kümmern müssen. Deine Leute hier in der Firma können gut eine Woche ohne dich auskommen. Und ich bin ja auch noch da.«

Jetzt musste Mags doch lachen, und die Anspannung wich aus ihren Schultern.

»Sam, du hast keine Ahnung von meiner Arbeit. Du hast vor drei Wochen fast meinen Pfingstrosen den Garaus gemacht, weil du sie für Unkraut gehalten hast.«

»Aber ich kann so tun, als ob ich Ahnung hätte. Darin bin ich gut.«

Mags lächelte und musterte Sam dann prüfend.

»Sam Hawthorne, Gärtner und Geschäftsmann?«

»Ja, in einem anderen Leben wäre ich das vielleicht? Als Kind bin ich in sämtliche Rollen geschlüpft, die ich in Büchern finden konnte. Ich war schon ein umwerfender Geheimagent, ein verkannter, aber genialer Maler und ein gewitzter Pirat. Goldsucher und Superheld. Hochstapler, Zeitreisender und Mönch. Warum nicht auch Gärtner?«

»Du schreibst dir die Rolle also selbst?«

Sams Augen leuchteten, und Mags wusste, dass in seinem Kopf schon das fieberhafte Klackern der Tastatur zu hören war.

»Ich sollte dabei einen Hut aus Stroh und so eine Latzhose anhaben, wie die, die du immer trägst. Vielleicht hätte ich einen leichten cornischen Akzent – etwas breiter und gedehnter in der Aussprache? So wie du?«

Die letzten Worte hatte er ausgesprochen, als hätte er eine Kartoffel im Mund. Mags konnte es nicht glauben.

»Hey – so spreche ich nun wirklich nicht!«

»Ich wäre aber nicht verheiratet, sondern würde lieber allein in meinem Haus leben, in dessen ummauerten Garten ich das ein oder andere Geheimnis verberge. Vielleicht ...«

Mags seufzte. Ihr Mann war innerhalb von Sekunden nicht mehr bei ihr, sondern inmitten einer Geschichte, die in seinem Kopf entstand. Ihr erschien es immer so wie im Märchen vom Zaubertopf, der weiter und weiter Brei kochte, bis der Brei das Haus und alles umher bedeckte. Blubbernde Grießbreigedanken.

Sie schüttelte den Kopf über diese alberne Vorstellung. Manchmal war Sams Phantasie ansteckend – und sie wusste, dass sie ihn unter anderem dafür liebte. Zu lange hatte sie sich selbst verboten, ihren Gedanken und Träumen genügend Platz zu geben.

Während Sam weiter an seiner immer absurder werdenden Geschichte über einen Gärtner in Cornwall spann, ließ sie ihren Blick schweifen, über den Garten, den sie um ihr Cottage herum geschaffen hatte, oder besser, den sie gerade dabei war, zu erschaffen.

Es war so viel passiert, Gutes wie Schlechtes. Sie hatte wahre Liebe gefunden, aber auch wahrhaft Böses erlebt. Sie griff unbewusst nach ihrer rechten Schulter, die dank der Gartenarbeit und der Leistung der Ärzte und Therapeuten nur noch selten schmerzte. Sie hatte gelernt, wie kurz und unberechenbar das Leben war. Spätestens seit ihrer Reise nach Belize wusste sie auch, dass es wichtiger war, im Hier und Jetzt zu leben, als sich an vergangene Hoffnungen und Träume zu klammern.

Sie hatte zusammen mit Sam aus dem alten Cottage ein Zuhause geschaffen, und aus den Stallungen einen Arbeitsplatz für mittlerweile fünf Mitarbeiter. Vor Jahren war sie in ihr Heimatdorf Rosehaven geflohen, weil sie nicht wusste, wohin sie sonst gehen sollte. Heute war sie Teil der Dorfgemeinschaft und bereit, das Ihrige dazu beizutragen, Rosehaven und seine Bewohner zu schützen. Sie hatte hier Bäume gepflanzt und dabei selbst Wurzeln geschlagen. Und sie hatte Sam gefunden, lieben gelernt und mit großen Augen beobachtet, wie er neben ihr in Windeseile ebenfalls Wurzeln schlug und Rosehaven als seine neue Heimat annahm.

Es mochte vielleicht einigen Menschen merkwürdig vorkommen, wie viel Arbeit, Zeit und auch Geld sie in ihren Garten am Cottage steckte und noch stecken würde, aber für sie war er der Ort, an dem sie daheim war.

Noch gestern Abend im Bett hatte sie neben Sam gesessen und ihm aus *Portrait eines Gartens* vorgelesen, dem Buch, in dem Vita Sackville-West und Harold Nicolson über ihre Arbeit und ihre Liebe zu dem Stück Land schreiben, das später einmal weltberühmt werden sollte: Sissinghurst. Auch dorthin würde sie ihre Reise führen. Die Schriftstellerin Vita und ihr Mann Harold hatten 1930 den verfallenen Landsitz in Kent mitsamt seines von Brombeerranken bedeckten und völlig überwucherten Gartens gekauft. Mit harter Arbeit und großem finanziellen wie körperlichen Einsatz hatten sie dort über Jahre ein Paradies geschaffen, das bis heute Bestand hatte. Vor allem Vita, gekleidet in einen über und über mit Taschen und Schlaufen für ihre Gartengeräte ausgestatteten Hosenanzug, das eindrucksvolle Gesicht von einem Strohhut beschattet, hatte unermüdlich an ihrem Traum gearbeitet. Sissinghurst war das Eldorado vieler Gärtner – und ein lebendiges Zeugnis dessen, wozu zwei Menschen mit einer gemeinsamen Vision fähig waren.

Mags dachte an den Satz, den Vita nach ihrer ersten Besichtigung der Ruinen von Sissinghurst in ihr Tagebuch geschrieben hatte.

»War von Liebe überwältigt …«

Sie lächelte und merkte, wie sich endlich etwas in ihr ausbreitete, das bisher bei all der Arbeit noch keinen wirklichen Raum gefunden hatte. Vorfreude. Sie würde auf Reisen gehen!

2

»Dumme Gans!«

Mags wurde von Sams Fluch aus ihren Gedanken gerissen.

»Bitte?«

Doch er sah – zu seinem Glück – nicht sie an, sondern über ihre Schulter hinweg in Richtung Cottage. Und jetzt sah auch Mags, wie ein weißer Ball schnell auf sie zugerannt kam und dabei heftig mit den Flügeln schlug.

»Agatha!«

Mags hatte sich schon am Abend von ihrer Gans verabschiedet und ihr in aller Ruhe und zu Sams Amüsement erklärt, warum sie wegginge und dass sie aber in einer Woche auf jeden Fall wiederkommen werde. Agatha mochte es ganz und gar nicht, wenn ihr heiß geliebter Mensch wegfuhr und sie dann auch noch mit diesem Mann alleine ließ.

Mit einem letzten Flügelschlag und einem lauten Quaken kam die mittlerweile ausgewachsene und beeindruckend große Gans vor Mags zum Stehen und sah sie erwartungsvoll an. Augenrollend bückte sich Mags und hob mit einem Ächzen die gut fünf Kilo schwere Agatha in ihre Arme.

»Ich dachte, sie ist bei Arthur im Gehege?«

Sam war vorsichtshalber einen Schritt zurückgetreten, er hatte schon ausreichend Erfahrung mit Agathas kräftigem Schnabel gemacht.

»Wahrscheinlich nutzt Arthur die Gelegenheit und versucht wieder, in der Küche den Kühlschrank zu öffnen.«

Arthur war der Gänserich, den Mags von ihren Freunden zu Weihnachten bekommen hatte, damit Agatha nicht mehr alleine war. Die Hoffnung, dass ein Gefährte an ihrer Seite die Gans etwas friedlicher machen würde, hatte sich nicht erfüllt. Agatha und Arthur hatten einfach beide Mags zu ihrem Lieblingsmenschen erklärt. Sie duldeten Sam nur dann, wenn er ihnen Futter brachte, und verteidigten als Dank dafür aber das Cottage und den Garten mit all ihrer Energie.

Ein leises Klirren aus dem hinteren Teil des Hauses schien Sam recht zu geben, und er eilte um die Hausecke, um den Inhalt des Kühlschrankes vor dem ziemlich verfressenen Gänserich zu retten.

Mags strich Agatha, die nun leise schnaubend ihren Schnabel in die Haare ihres Menschen streckte, über das weiße Gefieder.

»Ich bin ja bald wieder da. Und du musst so lange auf die beiden Männer aufpassen. Die machen sonst nur Blödsinn. Aber das muss ich dir ja nicht erst erklären, oder?«

Die Gans schien Mags zu verstehen und knabberte vorsichtig an ihrem Ohrläppchen. Ein Knabbern, das zu einem erschrockenen Kneifen wurde, als oben an der Straße ein lautes Hupen zu hören war.

»Au!«

Mags setzte Agatha unsanft ab und rieb sich das Ohr.

»Das ist doch nur Mr Smith mit dem Bus.«

Die Gans schien nicht überzeugt zu sein und breitete drohend die Flügel aus. Anscheinend hatte sie den Bus als feindlich eingestuft. Mags musste lachen und griff nach ihrer Tasche. Auch Sam war wieder um die Ecke des Hauses gebogen, ein wütendes Quaken hinter ihm und eine weiße Daune in seinen Haaren zeigten, dass er den Gänserich erfolgreich aus der Küche geworfen hatte.

»Was für ein Anblick!«

Mags musste Sam recht geben. Mr Smith war Rosehavens Automechaniker, mittlerweile offiziell im Ruhestand, auch wenn er es sich nicht nehmen ließ, für einige Kunden noch selbst unter die Hebebühne zu kriechen. Um, wie er es sagte, nicht vor Langeweile einzugehen, hatte er seinen historischen Reisebus aus den fünfziger Jahren in unzähligen Stunden Arbeit zu einem wahren Schmuckstück umgebaut. Schon früher war er für die Vereine in Rosehaven als Fahrer unterwegs gewesen oder hatte Touristen auf den geblümten Bänken des Busses durch Cornwall chauffiert. Inzwischen hatte er den alten Dieselmotor des Busses gegen einen hochmodernen Brennstoffzellenmotor ausgetauscht, der mit Wasserstoff betrieben wurde.

Unter der alten rot-weißen Lackierung des Busses, den polierten Chromleisten und den breiten Sitzen steckte mittlerweile mehr Technik als in einem Kleinflugzeug. Der Bus war Mr Smiths Lebensaufgabe – und Mags bewunderte, wie er ihn mit viel Leidenschaft, Wissen und Geschick in etwas verwandelt hatte, das ins 21. Jahrhundert passte. Mr Smith scherzte, dass er mehr Anträge auf Fördergelder und Genehmigungen gestellt hatte als jeder andere Einwohner Cornwalls, aber er war erfolgreich gewesen und hatte es mit seinem Bus bis in die landesweiten Nachrichten geschafft. Auch Vertreter von London Transport hatten sich neugierig auf den Weg bis ins beschauliche Rosehaven gemacht, um den Umbau zu begutachten. Die großen roten Doppeldecker Londons waren zu Mags' Kindheit noch mit stinkenden Dieselmotoren ausgestattet gewesen, und immer noch wunderte sie sich, wenn sie die Hauptstadt besuchte, dass es nicht mehr stank. Oder wenigstens nicht mehr so sehr wie früher …

Auf jeden Fall war Mr Smiths Bus ein oft fotografiertes Motiv der Touristen und eine kleine Sehenswürdigkeit Rosehavens. Und so kam es dann auch, dass Miss Clara, rührig wie immer, Rose Callwey vorgeschlagen hatte, doch gleich auch Mr Smith und seinen Bus für ihre nächste Gartenreise zu engagieren.

Der Bus hupte erneut, und Mags konnte sehen, wie Miss Clara ihr durch eines der Fenster zuwinkte. Neben ihr rutschte ihr Mann Eric Johnson, ein ehemaliger Kriminalbeamter und leidenschaftlicher Rosenzüchter, ungeduldig auf seinem Platz herum und schaute auf seine Uhr.

»Es geht los! Mach keinen Blödsinn, während ich nicht auf dich aufpassen kann!«

Das Blitzen in Sams Augen verriet, dass er Mags aufziehen wollte.

Sie schnaubte nur und gab ihm einen Abschiedskuss, was Agatha zu einem wütenden Quaken provozierte. Mags fuhr der Gans noch einmal über das Gefieder, blickte auf ihr Haus und ihren Garten und ging, den Koffer fest in der Hand, auf den Bus zu.

Die Reise würde in einem Hotel in East Grinstead beginnen, wo auch die anderen Teilnehmer im Laufe des Nachmittags eintreffen würden. Am Abend gäbe es dann das erste gemeinsame Essen und ein Kennenlernen. Mags war gespannt, wer außer ihnen alles an der Fahrt teilnehmen würde. Am nächsten Morgen würden sie dann die wenigen Meilen bis Leonardslee Gardens fahren – dort würde die erste Führung stattfinden. Mags war noch nicht dort gewesen, da der Garten in den letzten Jahren geschlossen und dann aufwendig restauriert worden war, freute sich aber insbesondere auf die dort lebenden Wallabys. Ursprünglich hatten wohl unzählige Tiere den waldähnlichen Park bewohnt, von denen aber nur die kleinen australischen Beuteltiere als Publikumsmagnet geblieben waren. Sie hatte sich ein wenig über Roses Auswahl des eher unbekannten Gartens als Startpunkt der Reise gewundert – allerdings waren eine private Führung und ein Blick hinter die Kulissen vielleicht doch Dinge, die vielen der Teilnehmer gefallen könnten. Sie hatte gestern auf der Seite des Gartens nachgesehen, und ein großer Teil der alten und riesigen Rhododendronbüsche würde noch blühen. Mags seufzte, da sie eine tiefe Abneigung gegen die Büsche hatte, die zwar in eine Parklandschaft passten, sich jedoch durch Vögel in der gesamten cornischen Landschaft verbreitet hatten und vor allem den eigentlich hier heimischen niedrigen Gehölzen immensen Schaden zufügten.

Die Nacht würden sie in einem Hotel in der Nähe verbringen, einem Haus, das schlicht Blackmill hieß und Rose Callwey zufolge ein wahres Kunstwerk sei. Was immer das auch heißen mochte. Mags hatte gezielt nicht im Internet nach den Hotels und B & Bs gesucht, in denen sie übernachten würden. Sie liebte es, sich überraschen zu lassen, und freute sich einfach auch darauf, rundum verwöhnt zu werden.

Bis Sissinghurst war es von dort aus nicht weit, und früh am nächsten Morgen würden sie dann noch vor allen anderen Besuchern in den Garten gelassen werden. Zwei Stunden für die ungestörte Erkundung des Gartens. Mags freute sich auf die Anlage wie ein Kind auf den Weihnachtsmann. Sie konnte es kaum erwarten. Sie würden zwei Tage dort und in der zum Garten gehörenden Pension bleiben und am vierten Tag weiter nach Godinton House fahren. Ein ganz schöner Kontrast zu Sissinghurst, da Godinton ein formaler Landschaftsgarten war, wie er im Buche stand. Eine Übernachtung in einem Hotel, das dort an einer alten Wassermühle angebaut war und zumindest auf den Bildern sehr elegant aussah. Dann würde es weiter Richtung Westen gehen, zu den Wisley Gardens, Petworth House und schließlich am letzten Tag bis vor die Tore Londons und zu den Royal Botanic Gardens.

Dort würde die Reise dann enden – ein krönender Abschluss.

Mags hievte ihren Koffer in eines der seitlich am Bus angebrachten Fächer und stieg dann mit einem Lächeln die Treppe hinauf. Endlich hatte die Vorfreude über ihre Nervosität gesiegt, und sie lachte fröhlich.

Die Reise konnte beginnen!

3

Am späten Nachmittag hatte der Bus nach sieben langen Stunden Fahrt das Hotel am alten Marktplatz von East Grinstead erreicht, und seitdem kam Mags aus dem Staunen nicht mehr heraus. Das Old Coachhouse, erbaut im Jahr 1880, wirkte wie aus der Zeit gefallen. Die hohen Fenster im Erdgeschoss waren mit hellen Spitzengardinen und Blumen in Messingtöpfen geschmückt. Die breite Treppe, die zu einer Drehtür führte, wurde von einem Baldachin aus dunkelrotem Stoff geschützt, und der Portier – es gab wirklich einen Portier, der die Tür aufhielt und sie mit einem herrlich übertriebenen vornehmen Akzent willkommen hieß – trug eine ebenfalls weinrote Uniform, an der jeder auf Hochglanz polierte Knopf im Sonnenlicht funkelte.

Die Koffer wurden von zwei jungen Männern aus dem Bus geladen, auf einen ebenfalls messingfarbenen Wagen gehoben und lautlos ins Innere des Hauses gebracht.

Mags hatte mit großen Augen den mit einem Gitter aus Metall zu schließenden Fahrstuhl und in ihrem Zimmer die gerüschte und bestickte Überdecke, die polierten Lampen mit ihren schweren Samtschirmen und die dicken Teppiche bewundert. Sogar ein Bild der Queen hing neben der Tür, gleich über den Anweisungen für den Notfall und den Fluchtplänen. Wahrscheinlich dachten sich die Besitzer, dass ein wenig königliche Würde und Gelassenheit im Notfall niemandem schaden würden. Rose Callwey als Veranstalterin der Reise hatte gleich mit der Unterkunft ein Statement gesetzt. Es würde britisch werden, sehr britisch. Mags fragte sich kurz, ob sie ihre üblichen Turnschuhe gegen hohe Reitstiefel und ihre praktische Hemdbluse gegen irgendetwas mit Rüschen austauschen sollte, lachte dann aber lediglich über diese Idee. Das Hotel mochte seine Besucher in eine andere Zeit entführen, aber sie selbst konnte getrost im 21. Jahrhundert bleiben und es trotzdem genießen.

Sie hatte also nur schnell ihren Koffer, der auf einer Kofferbank aus dunklem Holz auf sie gewartet hatte, geöffnet und sich in dem erstaunlich modernen Bad, das hinter einer hohen Tür gut versteckt war, frisch gemacht. Dann war sie in die Hotelhalle gegangen, um Rose Callwey, die Veranstalterin der Reise, endlich persönlich kennenzulernen. In der Hotelhalle befanden sich auf der einen Seite die breite Rezeption mit Holzfächern und Haken für die großen Zimmerschlüssel und auf der anderen Seite, locker vor den großen Fenstern arrangiert, tiefe Ledersessel mit kleinen Tischen. Dort saß bereits Eric Johnson und war konzentriert dabei, den Inhalt einer großen Etagere mit kleinen Sandwiches, Petits Fours und Teekuchen zu vernichten. Mags sah auf die Uhr. Es war vier am Nachmittag, die perfekte Zeit für einen Cream Tea. Schnell eilte sie zu Eric, bevor dieser alle Leckereien allein verdrücken konnte.

Kurz nachdem sie sich in einen der erstaunlich bequemen Sessel hatte fallen lassen, tauchte neben ihr lautlos eine junge Kellnerin auf, nahm Mags' Bestellung entgegen und kehrte kurz darauf mit einer großen Kanne Tee zurück.

Trotz der langen Fahrt fühlte sich Mags nicht zerschlagen, was zum einen sicherlich an der Geräumigkeit von Mr Smiths Bus lag, zum anderen an der guten Zeit, die sie miteinander gehabt hatten, während sie Meile für Meile auf dem Motorway Richtung London zurücklegten.

Denn Mr Smith hatte hinter den polierten Holzarmaturen seines Busses einen Haufen moderner Technik verbaut – unter anderem eine Anlage, die mit Boxen im ganzen Innenraum verbunden war. Miss Clara, die im Gegensatz zu Mags technisch immer auf dem neuesten Stand war, hatte innerhalb von Sekunden ihr Mobiltelefon über Bluetooth mit der Anlage verbunden, und so hatten sie in den Weiten des Internets nach Musik suchen können. Schnell hatten sie sich von den jeweiligen Lieblingsliedern hin zu Songs bewegt, die für sie mit besonderen Erinnerungen verbunden waren. Mags hatte sich MC Hammers *U Can't Touch This* gewünscht. Es war eines der erklärten Lieblingslieder ihres Vaters gewesen, bei dem er das Radio im Auto voll aufdrehte und zu Mags' Entsetzen laut mitrappte. Das, was heute eine schöne und sehr lustige Erinnerung war, war ihr damals als Teenager überaus peinlich gewesen. In späteren Jahren hatte sie dann mitgesungen, und zusammen hatten sie eine publikumsreife Vorführung für jeden vorbeifahrenden Autofahrer geliefert.

Eric hatte eine weitere, Mags bisher unbekannte Seite von sich gezeigt und während *Hotel California* von den Eagles über eine Reise nach Indien berichtet, die er nach seinem Schulabschluss zum Entsetzen seiner Eltern allein unternommen hatte.

Miss Clara hatte kichernd von ihrem ersten Kuss erzählt und wie zu der Zeit *A Whiter Shade of Pale* von Procol Harum der meistgespielte Song gewesen war, und Mr Smith selbst hatte bei *Every Step You Take* von Sting, dem Lied, zu dem er und seine verstorbene Frau ihren Hochzeitstanz getanzt hatten, Tränen in den Augen gehabt. Es hatte noch viel mehr Lieder gegeben, und Mags merkte, wie in ihrem Kopf lauter Melodien und Erinnerungen umherschwirrten.

Allein die gemeinsame Fahrt und die Stunden voller Musik und Erinnerungen war die Reise schon wert gewesen. Bei dem, was sie die letzten Jahre alles erlebt und vor allem überlebt hatten, waren sich alle in einem einig: Es war wichtig, solche Momente zu genießen und sie sich immer wieder ins Gedächtnis zu rufen. Mags trug so viele traurige, schmerzhafte und tragische Erinnerungen mit sich herum – sie wollte und musste ihnen im Hier und Jetzt etwas entgegensetzen. Und eine Fahrt in einem wunderschönen Bus mit geliebten Menschen, Stunden voller Musik, Lachen und gemeinsamen Geschichten war genau das richtige Gegenmittel gegen die Dunkelheit, die sie erlebt hatte.

Sollte jemals eine leise Stimme in Mags' Kopf nach einem Grund fragen, warum sie sich immer wieder aufs Neue aufrappelte, dann steckte darin die Antwort: Sie machte weiter, weil die hellen Momente die dunklen überstrahlten. Weil Licht die Dunkelheit verdrängte.

Sie dachte auch an die vielen Stunden, die sie im letzten Jahr Angst um einen ihrer liebsten Menschen gehabt hatte.

»Clara geht es gut?«

»Ja, sie wollte vor dem Abendessen nur etwas schlafen.«

Miss Clara hatte sich nach der Fahrt in ihr und Erics Zimmer zurückgezogen. Mags merkte, wie tief die Angst um ihre Freundin noch in ihr steckte. Aber da Eric neben ihr entspannt an seinem Tee nippte und nichts an seiner Körperhaltung oder seinem Gesicht von Sorge sprach, lehnte sich auch Mags zurück. Nachdenklich sah sie den ehemaligen Inspector an.

»Hört die Angst irgendwann wieder auf?«

Eric legte kurz seine Hand auf die von Mags und schüttelte dann den Kopf. Sie wusste, dass er ihre Frage sofort verstanden hatte.

»Nein, wohl nicht. Aber ich und Clara haben dadurch gelernt, jede Sekunde miteinander umso mehr wertzuschätzen.«

Eine kleine, drahtige und elegant gekleidete Frau kam durch die Tür in die Halle, sah sich suchend um und ging dann mit schnellen Schritten auf Eric und Mags zu.

Die Frau war vielleicht fünfzig Jahre alt, mit braunen Haaren, die zu einem klassischen Knoten am Hinterkopf geschlungen waren. Der Mund war ungeschminkt und zu einem breiten, ansteckenden Lächeln verzogen. Die hellbraunen Augen blitzten wach und intelligent und leuchteten warm, als sie vor Eric zum Stehen kam.

»Rose!«

»Eric – wie wunderbar, dich zu sehen. Du siehst gut aus!«

Erstaunt beobachtete Mags, wie Eric, Meister der hochgezogenen Augenbrauen, Wortkargheit und britischen Unnahbarkeit, die Frau zur Begrüßung umarmte.

Sie hatte ihn, außer in der Gegenwart von Miss Clara, noch nie so entspannt erlebt.

»Wo ist Clara?«

»Ruht sich aus.«

Mags sah, wie Rose erschrocken aufsah.

Die Angst blieb.

»Alles in Ordnung, sie ist nur müde von der Fahrt. Es geht ihr gut.«

Er drehte sich zu Mags.

»Darf ich dir Rose Callwey vorstellen? Rose, das ist Mags Blake.«

»Ah Mags! Wie schön, dich kennenzulernen. Ich habe schon viel von dir gehört! Clara hat mir die eine oder andere Geschichte erzählt – ich konnte es kaum glauben. Ich hoffe, es ist in Ordnung, wenn ich Mags sage? Ich finde deinen Namen bezaubernd, die Abkürzung für Margarethe, oder? Ich heiße ja eigentlich Rosemary, aber irgendwie denke ich mir immer, dass alle sofort den Geruch eines Kräutergartens in der Nase haben, wenn sie mich so nennen.«

Die Worte sprudelten nur so aus dem Mund der kleinen Frau, und Mags sah erstaunt zu Eric, der nur leise lächelte. Die Herzlichkeit, die Rose ausstrahlte, war überwältigend und von der ersten Sekunde an komplett entwaffnend. Mags hätte gewettet, dass ihr die meisten der Gäste umgehend aus der Hand fressen würden. Was sicherlich immens praktisch war.

»Und ich war im letzten Jahr in Drabstock. Was für einen außergewöhnlichen Ort ihr dort erschaffen habt! Beth sagt, du bist mittlerweile eine kleine Legende unter den Gärtnern, und alle fragen sich, was Blake und Gulliver wohl als Nächstes planen.«

Mags lächelte nur, auch wenn sie innerlich zusammenzuckte. Sie und Gulliver hatten wirklich Pläne, aber bisher wusste noch niemand davon, und Mags wurde schon nervös, wenn sie nur daran dachte.

Gulliver war vor Jahren nach Rosehaven gezogen und hatte sich aus dem leer stehenden Pfarrhaus mit seinem großen, ummauerten Garten ein kleines Paradies geschaffen. Die Rosehavener, stets extrem neugierig, so wie alle Menschen, die in kleinen Gemeinschaften lebten, waren enttäuscht worden. Der stets elegant und zurückhaltend gekleidete Mann wurde ein regelmäßiger Gast in Rosehavens Pub, hatte freundlich für den Weihnachtsbasar gespendet und sich still an alle dörflichen Regeln gehalten. Aber er hatte nicht geredet. Nicht über sich, nicht über andere, nicht darüber, wo er herkam oder woher er das Geld hatte, mit dem er Haus und Garten bar bezahlt hatte.

Bis er dann vor zwei Jahren auf Mags gestoßen war und seine Identität zumindest für sie gelüftete hatte. Gulliver hatte als C. C. Gull spektakuläre Gärten für die High Society der Welt entworfen und war mit seinen auffälligen Outfits und seinem ausschweifenden Lebensstil oft auf den Seiten der Klatschmagazine zu finden gewesen. Rosehaven war seine Chance gewesen, sich wieder zurückzuverwandeln in das, was er in Wirklichkeit war. Ein eleganter Gentleman mit Witz und Energie, der genug vom wilden Leben hatte und sich hinter den Mauern des Pfarrgartens einen Rückzugsort geschaffen hatte.

Doch schließlich hatten er und Mags sich zusammengetan und als Blake und Gulliver den Wettbewerb für ein großes Projekt gewonnen. Aus der Zusammenarbeit war Freundschaft geworden, die über Weihnachten auf die Probe gestellt worden war, aber gehalten hatte. Doch Gullivers neueste Pläne – Mags merkte, wie sie schon bei dem Gedanken schwitzige Hände bekam. Die Chelsea Flower Show. Sie und er, als Duo hinter einem der Schaugärten. Das Ereignis schlechthin. Der Oscar der Gärtner. Inklusive Presse, Fernsehen und einem Rundgang der Queen. Wenn Mags schon Lampenfieber hatte, vor einer Gruppe von Gartenfreunden zu sprechen, was würde erst das alles bei ihr auslösen? Aber Gulliver war fest entschlossen, einen der begehrten Plätze zu ergattern – und Mags war hin- und hergerissen zwischen ihrem zugegebenermaßen großen Ehrgeiz und dem Bedürfnis, sich unter dem Bett zu verstecken. Daher hatte sie es noch niemandem erzählt und bemühte sich auch jetzt, den Gedanken daran wieder weit von sich zu schieben.

»Ich muss mich schnell umziehen, und dann werde ich an der Rezeption die anderen Gäste begrüßen.«

Rose kramte aus ihrer Tasche eine Liste hervor und drückte sie Mags in die Hand.

»Das sind die Teilnehmer – ich kenne nur das Ehepaar Hamilton von einer früheren Reise, sie sind absolute Gartenenthusiasten und, was für uns fast wichtiger ist, einfach nur charmant und werden garantiert in der Gruppe für gute Stimmung sorgen. Ich denke, es könnte eine gute Truppe werden diesmal.«

Sie sah auf die schmale Armbanduhr an ihrem Handgelenk.

»Ich bin gleich wieder hier. Mags, ich denke, du wirst dich am besten dann heute Abend vorstellen.«

Sie drückte noch einmal Erics Hand und stürmte dann zum Fahrstuhl.

»Eine erstaunliche Frau.«

Eric und Mags hatten sich wieder gesetzt, und Mags sah ihn neugierig an.

»Erzähl mir von ihr.«

»Du weiß, dass ich sie in der Klinik kennengelernt habe, in der Clara ihre Chemo hatte?«

Erics Stimme wurde leiser.

»Weißt du, es gibt da so einen Warteraum für die Angehörigen. Du sitzt da und weißt, was deine Liebsten gerade durchmachen, wie das Gift in ihren Körper gepumpt wird. Du weißt, es ist die einzige Chance, den verdammten Krebs zu besiegen, aber spätestens nach dem ersten Mal weißt du auch, zu welchem Preis. Clara hatte nach der ersten Behandlung solche Schmerzen und hat gespuckt und gezittert, und ich – ich saß in diesem Raum und hatte Angst. Und ich war wütend auf mich und die Welt. Ich konnte ja nichts tun.«

Mags schluckte. Es fiel ihr schwer, sich Eric so vorzustellen.

»Und dann kam Rose in den Raum, sah sich um, riss die Fenster auf und verteilte an alle Anwesenden Handzettel mit den Terminen der Selbsthilfegruppe für Angehörige, die sie gegründet hatte. Sie war – nun, du hast sie ja gerade kennengelernt. Ihre Frau, Beth, war ebenfalls in der Chemo, schon zum zweiten Mal, der Krebs war bei ihr zurückgekehrt. Bereits beim ersten Mal hatte sie sie fast verloren – und nun mussten die beiden das Ganze erneut durchmachen. Aber Rose war taff. Und nicht auf diese oberflächliche Art, bei der jemand nur so tut, als wäre er stark. Damit kenne ich mich aus.«

Er schien völlig in Erinnerungen versunken zu sein.

»Nein, sie war wirklich mutig. Sie stellte sich ihren Ängsten, sie sprach darüber und brachte andere dazu, ebenfalls darüber zu sprechen. Sie trauerte und wütete und schimpfte. Sie tat das laut und ließ nicht zu, dass ihre Angst um Beth sie langsam von innen auffraß.«

Er schwieg für ein paar Sekunden.

»Ich habe viel von ihr gelernt.«

Mags musste einfach fragen, auch wenn sie befürchtete, die Antwort schon zu kennen.

»Wie geht es Beth?«

Eric sah Mags an und schüttelte den Kopf.

»Beth ist zu Hause in Westlondon, die beiden haben da eine Wohnung. Gerade ist eine Freundin da und kümmert sich um sie.«

Er sah auf seine Hände.

»Beth wird sterben. Nicht diese Woche, nicht diesen Monat, aber irgendwann in diesem Jahr wird ihr Körper nicht mehr mitmachen. Der Krebs hat gewonnen.«

4

ROSEHAVEN, CORNWALL

Sam balancierte vorsichtig seinen bis zum Rand mit Tee und Milch gefüllten Becher in der einen und seinen zusammengeklappten Laptop in der anderen Hand über den gekiesten Gartenweg. Sein Ziel war die breite Bank mit dem Tisch, für die Mags vor wenigen Wochen eine Pergola gebaut hatte. Die Rosen waren schon gepflanzt, und in wenigen Jahren würden sie das Holzgestell überranken und er würde in Schatten und Duft der Blüten arbeiten können. Etwas zu planen und zu pflanzen, dessen Ergebnis man erst in einigen Jahren sehen würde, so sicher zu sein im Vertrauen darauf, auch in der Zukunft eben hier an diesem Ort sitzen zu können, gemeinsam, das war etwas, was ihn immer noch erstaunte und demütig werden ließ. Er hätte nie gedacht, an einem solchen Ort in so schneller Zeit Wurzeln schlagen zu können. Aber dank Cornwall, dank den Bewohnern von Rosehaven und vor allem dank seiner Frau hatte er nun das, was er sich immer gewünscht hatte. Ein Heim. Nicht, dass seine Mutter ihm und seinem Bruder während ihrer Kindheit in London nicht auch versucht hatte, ein Zuhause zu bieten. Aber sie selbst, als Violinistin aus der damaligen Tschechoslowakei nach England gekommen, hatte ihre Wurzeln schmerzlich vermisst und war nie ganz in England angekommen. Heute hatte sie immer noch die kleine Stadtwohnung, in der Sam aufgewachsen war – aber sie war kaum da und bereiste mit ihrem Orchester und einem Streichquintett die Welt. Aktuell war sie auf einem eleganten Kreuzfahrtschiff engagiert und genoss die Abwechslung und die Reise durch das Mittelmeer sehr.

Sam stellte seinen Rechner auf dem Tisch ab und spürte die warme Abendsonne auf seinem Gesicht. Wenn er noch ein oder zwei Stunden arbeiten könnte, würde er sich später belohnen und auf ein Pint ins Golden Budgie, Rosehavens Pub und Mittelpunkt des Dorfes, gehen. Er setzte sich und genoss kurz den Ausblick, den er von der Bank im oberen Bereich des Gartens auf sein Cottage hatte.

Sein Cottage – er konnte es immer noch kaum glauben. Er sah über die breiten Gartenwege, die noch niedrigen Hecken, die blühenden Beete bis hin zu der hellgrünen Küchentür, die sich perfekt in die gemauerten Wände des Hauses einfügte.

All das gehörte ihm, war kein Traum oder ein Ausbund seiner Phantasie. Es war echt – und wunderschön.

Und da das Cottage nicht nur verdammt echt, sondern auch echt teuer gewesen war und die Kredite auf seinen und Mags Schultern lasteten, sollte er sich jetzt besser schnell an die Arbeit machen.

Er klappte den Laptop auf, tippte sein Passwort ein und wollte gerade die Datei zu seinem aktuellen Projekt öffnen, als er die Geräusche eines Autos hörte, das langsam in die schmale Einfahrt zum Cottage einbog.

Sam unterdrückte einen Fluch über die Störung, wusste aber, dass er wie jeder andere im Dorf Besuch jederzeit mit offenen Armen empfangen musste. Er hörte eine Autotür zuschlagen und stand auf.

»Ich bin hinterm Haus!«

Er hörte schwere Schritte auf dem Kies des Weges und sah dann, wie eine massige Figur um die Hausecke bog und auf ihn zukam.

Mr Kelvin, der Wirt des Golden Budgies, bewegte seine beachtliche Körpergröße und Körperfülle mit erstaunlicher Eleganz auf ihn zu. Sam hatte schon bei seiner ersten Begegnung mit dem großen Mann den Kontrast bewundert, den die riesigen Hände, das runde Gesicht und die muskulösen Arme mit den warmen Augen und der, zumindest meistens, sanften und warmen Stimme bildeten. Sollte Mr Kelvin allerdings gezwungen sein, lauter zu werden, wenn zum Beispiel jemand im Pub Streit suchte, konnte die sanfte Stimme laut und scharf werden. Bisher hatte Sam es noch nie erlebt, dass das Erheben der Stimme nicht ausreichte, um jeden Konflikt im Keim zu ersticken.

Neben seinem Äußeren war Mr Kelvin aber vor allem bekannt durch sein hervorragendes Bier, das er in einer kleinen Brauerei eigens für seinen Pub brauen ließ, seine Großzügigkeit beim Bemessen der Getränke und für seine Frau. Die wiederum gehörte zu den herzlichsten Menschen, die Sam kannte, und war eine der besten Köchinnen weit und breit. Beim Gedanken an Mrs Kelvins Pasteten und Eintöpfe lief ihm das Wasser im Mund zusammen, und er beschloss, das Bier am Abend auf ein Essen im Pub auszudehnen.

Mr Kelvin war bei ihm angekommen und warf einen suchenden Blick durch den Garten.

»Hallo Sam. Ist Mags nicht da?«

Mr Kelvin hatte sich seine Mütze vom Kopf genommen und knetete sie nervös in den Händen. Etwas stimmte anscheinend nicht, und Sam war mehr als neugierig, den Grund zu erfahren.

»Nein, sie ist doch gestern mit Clara und Eric zu dieser Gartenreise aufgebrochen. Die drei kommen erst nächste Woche wieder.«

»Ach ja, stimmt.«

Der große Mann blieb unschlüssig stehen.

»Worum geht es denn? Vielleicht kann ich dir ja helfen? Setz dich doch.«

Sam mochte den großen Mann, dessen Pub dem Dorf einen Mittelpunkt bot. Sam hatte sich immer vorgestellt, dass der Wirt wie ein Anker, wie ein Fundament das kleine Dorf festhielt und Teil des Zaubers war, der Rosehaven trotz aller Veränderungen seltsam zeitlos und sicher in der Welt hielt. Miss Clara war ebenfalls Teil dieses Zaubers – und Mags auf jeden Fall auch, obwohl sie selbst es wahrscheinlich noch gar nicht so wahrnahm.

Mr Kelvin zögerte immer noch.

»Setz dich bitte. Ich habe Tee gekocht, und im Kühlschrank ist Limonade, die Jim uns gebracht hat.«

Jim war Mags Nennonkel und der beste Freund ihres verstorbenen Vaters. Da er Mags wie eine Tochter liebte, war er damit so etwas Ähnliches wie Sams Schwiegervater und nahm seine Aufgabe sehr ernst. Jim wohnte einige Kilometer entfernt auf seinem kleinen Hof und versorgte sich dort so weit wie möglich selbst. Der ehemalige Surfer war mit seinem VW-Bus durch die halbe Welt gereist und nach vielen Jahren wieder in seine Heimat zurückgekehrt.

Mr Kelvin setzte sich endlich und lächelte Sam an.

»Tee nehme ich gern.«

»Kommt sofort.«

Sam ging zurück zum Cottage und kam mit der Teekanne, einem weiteren Becher und einem Kännchen mit süßer, dicker Sahne zurück.

»Leider habe ich alle Plätzchen von Miss Clara schon gegessen.«

Er musste dem Wirt ja nicht verraten, dass die Kekse aus der großen Blechdose sein Frühstück gewesen waren, da er wie so oft vergessen hatte, einkaufen zu gehen. Aber es gab wahrlich Schlimmeres als Kekse zum Frühstück.

Er goss Tee und Sahne in den Becher und reichte ihn seinem Besucher. Der trank einen Schluck und lächelte Sam dann an.

»Ich wollte eigentlich zu Mags, da wir anscheinend ein Problem im Dorf haben.«

»Ein Problem?« Nun war Sam noch neugieriger. Was sollte es für ein Problem geben, das Mr Kelvin nicht selbst lösen konnte?

»Bei Miss Clara habe ich es auch schon versucht. Ich hatte die Reise der beiden ganz vergessen.«

Der Wirt nahm noch einen Schluck Tee. Er schien zu einer Entscheidung gekommen zu sein.

»Seit einigen Tagen verschwinden Dinge im Dorf.«

»Was für Dinge? Wertsachen? Weiß die Polizei Bescheid?«

»Nein, nein, das ist es ja gerade. Keine Wertsachen. Angefangen hat es mit dem Kuchen, den Mrs Clark zum Auskühlen auf ihre Fensterbank gestellt hatte. Dann hat jemand bei Mrs Godber die Milch und die Sahne von der Türschwelle stibitzt. Bei Albert wurden am Abend die übrig gebliebenen Fische geklaut, die er für sich selbst auf Eis hatte liegen lassen. Und mir fehlt seit gestern eine Kiste mit Limonade aus dem Keller.«

In Mr Kelvins Keller unter dem Gastraum lagerten seine sämtlichen Vorräte, und Sam horchte auf.

»Und es fehlt kein Alkohol?«

»Nein. Die Kiste mit Whisky, die direkt neben den Limonaden stand, wurde nicht angerührt.«

»Also klaut jemand Lebensmittel. Wahrscheinlich ein Obdachloser? Habt ihr schon in den Wäldern ringsum nachgesehen? Auch das kann doch der Polizei gemeldet werden. Oder ihr findet ihn und sprecht mit ihm.«

»Ja, natürlich. Es ist nur so …«

Der große Mann zögerte.

»Es ist nur so, dass überall, wo etwas genommen wurde, auch etwas dagelassen wurde.«

Sam sah ihn neugierig an.

»Etwas dagelassen?«

»Bei Mrs Clark auf dem Fensterbrett stand anstelle des Kuchens eine wunderschön geschnitzte Figur einer Katze. Und nicht nur irgendeiner Katze, man kann richtig erkennen, dass die Figur Charlie zeigen soll.«

Charlie war der große, getigerte, äußerst verwöhnte und daher kugelrunde Kater von Mrs Clark, der im ganzen Dorf bekannt war, da er regelmäßig von der resoluten Dame in einem kleinen Kinderwagen spazieren gefahren wurde.

»Und als bei Mrs Godber die Milch und die Sahne verschwanden, lag auf der Türschwelle stattdessen eine geschnitzte Figur eines Bären. Albert bekam im Austausch einen Anhänger, der einen Anker zeigte.«

»Und was hat der Dieb bei dir hinterlassen?«

Mr Kelvin griff in seine Tasche, zog etwas hervor und legte es vorsichtig in Sams geöffnete Hand.

Es war eine sehr genau gearbeitete Figur eines Wellensittichs, etwa handtellergroß. Der Vogel trug zu Sams Entzücken auf seinem Kopf eine Miniaturversion der Lederkappe, die gerade vor ihm auf dem Tisch lag.

»Das sollst du sein! Es ist wirklich wunderschön. Und komisch zugleich.«

Mr Kelvin nahm ihm die Figur behutsam wieder ab.

»Ja, ich denke schon.«

Sam lehnte sich zurück.

»Und wobei sollte Mags dir jetzt helfen?«

»Die Leute aus dem Dorf wollen nicht, dass die Polizei kommt. Mrs Clark behauptet steif und fest, dass nur ein Kobold oder ein Elf so etwas Feines hätte schnitzen können. Und dass sie keine Fußspuren unter ihrem Fenster gesehen habe. Was für sie ein Beweis ist, dass der Kuchendieb nicht von dieser Welt ist. Sie droht allen, die die Polizei einschalten wollen, mit einem Haufen Unglück.«

Sam grinste. Er hatte Mrs Clarks blühende Phantasie schon so manches Mal bewundert.

»Nun gut, Mrs Clark ist vielleicht nicht unbedingt die neutralste Zeugin. Aber die anderen Dorfbewohner werden doch sicherlich …«

Mr Kelvin schüttelte den Kopf

»Sie ist nicht allein. Ich habe heute gesehen, dass einige Leute mit Absicht Kuchen oder Brot auf ihre Türschwellen gestellt haben, in der Hoffnung, auch eine Figur dafür zu bekommen.«

Sam lachte, sah aber, dass Mr Kelvin ernst blieb.

»Wirklich? Ein Elf?«

»Ja. Sie machen ein Spiel daraus, was ja auch nicht schlimm ist. Aber …«

»Du hast Angst, dass etwas passiert?«

»Vielleicht keine Angst, aber ich bin zumindest besorgt. Was, wenn es irgendein Trick ist? Was, wenn irgendwas anderes plötzlich verschwindet?«

Er zögerte kurz.

»Aber das glaube ich nicht. Die Figuren sind so … unschuldig. Ich denke, dass der, der sie geschnitzt hat, noch jung sein muss. Entweder an Jahren oder … oder jung im Geiste, wenn du weißt, was ich meine. Und wenn derjenige wirklich ohne Obdach ist, dann will ich ihm oder ihr helfen.«

»Ich verstehe. Aber was hat Mags damit zu tun?«

»Sie ist doch gut darin, Dinge herauszufinden. Immerhin hat sie ja auch die Männer in der Höhle gefunden und die beiden amerikanischen Schwestern auffliegen lassen.«

Sam sah erstaunt auf.

»Aber ich habe doch herausgefunden, wo die Männer waren. Ich war als Erster vor Ort.«

Mr Kelvin sah Sam nur mitleidig an.

»Genau. Und wer hat dich dann aus der Höhle gerettet? Hm?«

Sam wollte etwas erwidern, lehnte sich dann aber nur mit einem Lächeln zurück. Jeder im Dorf hatte eine Rolle, eine Funktion. Und wenn es an Mags war, für alles zuständig zu sein, was auch nur ansatzweise nach einem Verbrechen aussah, würde er nichts dagegen machen können. Trotzdem fragte er sich, bei welchem Problem die Dorfgemeinschaft wohl ihn rufen würde.

Mr Kelvin schien Sams Gedanken gelesen zu haben, und sein nächster Satz sollte wohl tröstlich sein.

»Dich holen wir, wenn das nächste Mal der Strom und das Fernsehen ausfallen und wir jemanden brauchen, der uns eine gute Geschichte erzählt.«

Sam schnaubte nur.

»In Ordnung. Aber Mags ist nun mal nicht hier. Die Reise geht noch fünf Tage. Wollt ihr so lange warten – oder sollen wir uns überlegen, was wir vielleicht selbst tun können?«

Mr Kelvin überlegte kurz.

»Na, dann kriegst wohl diesmal du den Auftrag, Sam.«

Sam klappte seinen Laptop zu und lehnte sich vor. Das Buch würde warten müssen, nun ging es darum, ein echtes Rätsel zu lösen.

»Ich habe da vielleicht eine Idee.«

5

Nach Erics trauriger Offenbarung wollten Mags und er sich unbedingt etwas ablenken. Eric beugte sich über die Teilnehmerliste, die Mags von Rose bekommen hatte.

»Wie groß ist unsere Gruppe denn?«

»Es sind mit dir und Clara zehn Teilnehmer.«

Mags strich den Zettel glatt und las gemeinsam mit Eric die Namen. Rose Callwey hatte dahinter in einer klaren und energischen Handschrift jeweils noch kurze Stichworte geschrieben, und Mags musste lächeln, als sie die Liste durchsah.

Nigel Bloomfield aus London. Hobbygärtner, gesprächig, alleinstehend. Leidenschaft für Heil- und Giftpflanzen. Keine Angaben zum Beruf.

Percy und Laurie Hamilton aus Sussex. Lehrer und Direktorin an einer kleinen Privatschule, waren in Schottland vor drei Jahren schon einmal dabei, herzlich und offen.

Edwin Mawson und Carmen Fernandez. Ingenieur und Sprachlehrerin aus London. Reise Verlobungsgeschenk von ihm an sie und eine Überraschung. Buchung lief über seine Firma.

Anne Taylor, pensionierte Verwaltungsangestellte aus Manchester, sehr höflich und zurückhaltend, alleinstehend.

Patricia und Sunny Doobs. Mutter und Tochter aus Las Vegas. Tochter studiert in London. Mutter sehr begeistert und sehr amerikanisch am Telefon.

Eric und Clara, junges bezauberndes Ehepaar aus Cornwall. Beide Rosenzüchter und Gartenenthusiasten. Achtung: Er ist Ex-Polizist, steckt seine Nase überall rein und kann äußerst grummelig sein.

Mags lachte laut auf, als sie die letzten Worte auf Roses Liste gelesen hatte. Auch Eric musste kurz lächeln, sah Mags dann aber mit ernstem Blick an.

»Ich möchte bitte nicht, dass die Leute erfahren, was ich beruflich gemacht habe. Rose habe ich das schon gesagt.«

»Weil sie dich dann meiden?«

Mags dachte daran, wie ihre Freundin Mary, die früher als Erics Assistentin gearbeitet hatte und nun dabei war, die Karriereleiter bei der Polizei zu erklimmen, ihr erzählt hatte, wie oft sie ihren Beruf anderen Menschen gegenüber lieber verschwieg.

»Meiden? Schön wäre es.«

Eric seufzte.

»Nein. Das war früher so. Aber seitdem ich in Pension bin, ist eher das Gegenteil der Fall. Plötzlich scheint es nicht mehr beängstigend, dass ich es mit Mord und

Totschlag zu tun hatte, sondern eher aufregend. Die Leute lassen mich einfach nicht mehr in Ruhe.«

Er sagte das mit einem so aufrichtigen Bedauern in der Stimme, dass Mags wieder lachen musste und ihm schnell versprach, sein Geheimnis nicht zu verraten. Gleichzeitig dachte sie, dass die Reise für Eric, trotz seiner Begeisterung für Rosen, wirklich ein großes Geschenk für Miss Clara war. Er war nun wirklich nicht der Typ Mensch, der eine Gruppenreise erstrebenswert fand. Aber da Miss Clara neben Blumen nun mal Menschen und ihre Geschichten liebte, war es perfekt.

»Du bist ein toller Mann!«

Eric sah sie erstaunt an und wollte gerade etwas erwidern, als sie von einem lauten Krachen, das aus Richtung der Drehtür kam, abgelenkt wurden.

»Oh my Goodness!«

Die laute Stimme gehörte zu einer Frau, die mit großen Augen und einem begeisterten Ausdruck im Gesicht ihr Mobiltelefon hochhielt und augenscheinlich ein Video der Hotelhalle machte. Das Krachen, das Mags und Eric hatte aufsehen lassen, war auf die beiden großen Koffer zurückzuführen, die die Frau in ihrer Begeisterung wohl neben sich auf den Boden hatte fallen lassen.

»Sunny! Sunny, das musst du dir ansehen! Es ist wie bei Downton Abbey – du glaubst es nicht!«

Hätten die Bänder der Fluggesellschaft an den großen Koffern oder das strahlend weiße Lächeln sie nicht schon als Amerikanerin gekennzeichnet, hätte spätestens der Akzent Mags verraten, dass die Frau in dem hellblauen Hosenanzug und der silbernen Strickjacke, den perfekt darauf abgestimmten Schuhen, der blonden Kurzhaarfrisur und dem makellosen Make-up wohl Mrs Patricia Doobs sein musste. Und die junge Frau hinter ihr, die mit einer leichten Röte im Gesicht versuchte, ihre Mutter unauffällig aus der Mitte der Halle in Richtung Rezeption zu drängen, musste ihre Tochter Sunny sein. Ob Sunny wohl ihr eigenes Outfit, bestehend aus dunklen Jeans, einem großen schwarzen Hemd und schlichten Turnschuhen, mit Absicht gewählt hatte, um sich von ihrer Mutter abzugrenzen? Die dunklen Haare der Tochter waren zu einem strengen Pferdeschwanz zurückgenommen und zeigten ein Gesicht, das kein Make-up nötig hatte. Große, dunkle Augen unter geschwungenen Augenbrauen, ein voller Mund und ebenfalls, wie Mags nun sehen konnte, als Rose sich den beiden Frauen vorstellte, ein strahlendes Lächeln.

Was für ein Kontrast – und was für eine Wirkung sowohl Mutter als auch Tochter auf alle Anwesenden und speziell die Männer hatten! Mags lachte leise auf, als sowohl der Kofferträger als auch einer der Kellner mit schnellen Schritten auf die beiden Frauen, die sich angeregt mit Rose unterhielten, zueilten.

Sie warf einen schnellen Blick auf Eric, der das Schauspiel mit leicht zusammengekniffenen Augen beobachtete.

»Patricia und Sunny Doobs, nehme ich an.«

Mags nickte.

»Ich frage mich, was man wohl als Zahnarzt im Süden der USA so verdienen kann.«

Mags lachte. Sie hatte Ähnliches gedacht.

»Keine Ahnung. Aber das Ergebnis sieht blendend aus.«

Roses Lachen klang durch die Halle, während die beiden jungen Männer eifrig nach je einem der Koffer griffen und damit zum Fahrstuhl stürmten. Patricia und Sunny folgten langsamer, die Mutter hatte wieder ihr Telefon in der Hand und schien eifrig zu fotografieren. Als sich die Fahrstuhltüren schlossen, winkte Rose ihnen kurz zu und streckte den Daumen nach oben.

Bevor Mags sich an Eric wenden konnte, kamen erneut Gäste in der Halle an. Diesmal waren es ein Mann und eine Frau, beide um die fünfzig, die mit strahlendem Lächeln auf Rose zugingen und diese mit einer Umarmung begrüßten.

»Das müssen die Hamiltons sein, die schon einmal mit Rose unterwegs gewesen sind.«

Eric schien verwundert.

»Sie sind Lehrer? Sie sehen gar nicht so aus, wie ich mir ein Lehrerehepaar vorgestellt hätte. Meine Lehrer sahen definitiv anders aus.«

Mags beobachtete, wie die Frau sich immer noch breit lächelnd an den Rezeptionisten wandte und, mit ihren schlanken Händen eifrig gestikulierend, etwas zu ihm sagte. Sie trug ein buntes, mit einem eleganten Blumenmuster bedecktes Kleid und dazu praktische Turnschuhe. Statt eines Koffers hatte sie einen Rucksack geschultert, den sie trotz der höflichen Bemühungen des wieder in der Halle angekommenen Kofferträgers selbst trug. Ihr Mann hatte den gleichen Rucksack über seine Schultern geschwungen und trug ein verschlissenes T-Shirt, das Werbung für das Jazz Festival in Montreal im Jahr 1983 machte.

Mags sah Eric neugierig an.

»Wie haben denn Lehrer deiner Meinung nach auszusehen?«

»Älter? Gediegener? Gesetzter?«

Nun musste er über sich selbst lachen.

»Ich glaube, ich habe eigentlich keine genaue Vorstellung, wie Lehrer auszusehen haben, sondern erinnere mich nur an meine eigenen. Und die kamen mir halt immer schrecklich alt vor.«

Mags sah wieder zu den Hamiltons.

»Na ja, wahrscheinlich ist jeder Schüler der Meinung, seine Lehrer wären alt und langweilig.«

Das Ehepaar war inzwischen in Richtung Fahrstuhl unterwegs.

»Da kommt noch jemand. Teil unserer Gruppe?«

Mags sah zur Eingangstür, durch die gerade ein weiteres Paar trat. Er trug einen Anzug, und Mags konnte sehen, dass in einer der Sakkotaschen eine Krawatte steckte, als hätte er sie gerade erst abgenommen. Er war vielleicht Mitte vierzig, Anfang fünfzig, wobei sie zugeben musste, dass es ihr schwerfiel, das Alter bei einem bestimmten Typus Mann zu schätzen. Er sah gut aus, auf eine vielleicht etwas zu glatte Art und Weise. Aber das konnte auch an dem Anzug liegen – vielleicht sähe er in anderer Kleidung weniger streng aus.

Viel Zeit, ihn sich anzusehen, hatte Mags nicht, da die Frau neben ihm sofort alle Blicke auf sich zog. Sie war nicht wie die beiden Amerikanerinnen auf klassische Art und Weise schön, wirklich nicht. Sie war deutlich kleiner als der Mann im Anzug, auf dessen Arm sie gerade ihre Hand legte. Eine kräftige Hand, die wie alles an der Frau Stärke und Energie ausstrahlte. Die schwarzen Haare waren zu einem strengen Knoten zurückgenommen, die Lippen in dem kantigen Gesicht rot geschminkt. Sie trug ein halblanges, schwarzes Kleid und Schuhe mit einem kleinen Absatz. An ihren Ohren baumelten rote Ohrringe und um ihr rechtes Handgelenk lag ein breiter, ebenfalls roter Armreif. Sie war nicht schlank, aber Mags würde wetten, dass unter den Rundungen mehr Muskeln lagen, als selbst sie sich durch die Jahre an Gartenarbeit zugelegt hatte.

Mags sah zu Eric, der den Auftritt von Patricia Doobs eher belustigt beobachtet hatte. Jetzt zeigte sein Gesicht ehrliche Bewunderung. Was Mags voll und ganz verstehen konnte.

»Das ist Miss Fernandez, ohne Frage.«

»Und daneben ihr Verlobter, Edwin Mawson.«

Eric lehnte sich zurück.

»Ich freue mich schon darauf, wenn heute Abend Miss Fernandez und Mrs Doobs aufeinandertreffen.«

Nachdem Rose die Neuankömmlinge begrüßt hatte, trat eine weitere Frau in die Halle. Nach ihr drehte sich allerdings niemand um, was der Frau, die ruhig in der Halle stand und sich umsah, wahrscheinlich auch nur recht war.

Vielleicht Mitte sechzig, war alles an ihr schlicht und praktisch gehalten. Sie trug flache, dunkle Lederschuhe zum Schnüren, eine schmale dunkle Hose und eine etwas hellere Bluse unter einer schlichten Strickjacke. Die grauen Haare waren zu einem kinnlangen Bob geschnitten und umrahmten glatt und ohne eine einzige in Unordnung geratene Strähne ihr Gesicht. Sie trug eine schmale silberne Brille, hinter der blaue Augen ruhig den Raum musterten.

Ihr Koffer wirkte neu, ein kleines Modell aus silbernem Metall mit Rollen, die es erlaubten, ihn in alle Richtungen zu ziehen. Da das Metall makellos glänzte, bezweifelte Mags, dass der Koffer schon einmal Kontakt mit einem Gepäckband oder den Mitarbeitern eines Flughafens gehabt hatte.

Rose ging auf die Frau zu, die nach einigen Sätzen nickte und die Reiseleiterin zur Rezeption begleitete.

»Anne Taylor.«

Eric nickte.

»Jetzt fehlt nur noch Mr Bloomfield.«

»Der verspätet sich. Er hat gerade angerufen.«

Rose war lautlos hinter sie getreten.

»Eine spannende Runde, nicht wahr?«

Sie sah von Eric zu Mags.

»Was denkt ihr?«

Mags ließ die einzelnen Teilnehmer noch mal an ihrem inneren Auge vorbeiziehen.

»Ich denke, ich bin jetzt vor allem neugierig, warum die ganzen Leute die Reise gebucht haben. Sind dir ihre Hände aufgefallen?«

Sie sah Rose an, die nickte, auf ihre eigenen, makellos gepflegten Hände sah und dann grinste.

»Beth zieht mich immer damit auf, dass meine Hände jedem verraten würden, dass ich nie selbst zu Schaufel und Harke greifen würde.«

»Und was haben dir die Hände der neuen Teilnehmer erzählt?«

»Bisher sieht es so aus, als würden nur die Hamiltons ernsthaft selbst einen Garten ihr Eigen nennen. Und dass dem so ist, weiß ich von der letzten Reise mit ihnen. Sie haben einen großen Garten, in dem sie ihre gesamte freie Zeit verbringen.«

»Und sonst niemand mit Gartenhänden?«

Mags hielt ihre Hände hoch, die trotz aller Cremes und Salben, die sie regelmäßig nutze, rau waren und deutliche Spuren von Arbeit und Sonne trugen. Von den vielen kleinen Kratzern und Schnitten mal ganz abgesehen, die ihre Handrücken zierten. Sie hatte zwar Handschuhe, vergaß diese aber ständig im Auto oder schwitze so in ihnen, dass sie sie nach wenigen Minuten neben sich warf und mit bloßen Händen weiterarbeitete. Außerdem – und das war vielleicht sogar der Hauptgrund – liebte sie das Gefühl von Erde und Pflanzen an ihren Händen.

»Nein, ich denke nicht. Carmen Fernandez nutzt auf jeden Fall ihre Hände mehr als Sunny oder Patricia Doobs, keine Frage. Aber ob für einen Garten? Und Edwin Mawsons Hände scheinen, ebenso wie sein schönes Gesicht, nicht sonderlich viel Sonne gesehen zu haben in den letzten Jahren.«

Eric, der auf seine Hände geschaut hatte, die ebenfalls von Gartenarbeit und Sonne gezeichnet waren, nickte.

»Und Anne Taylor?«

»Kein einziger Altersfleck. Keine Sonne. Entweder, sie trägt durchgehend Handschuhe und einen riesigen Sonnenhut, oder sie ist auch keine aktive Gärtnerin. Ihr solltet mal Beths Hände sehen, wenn sie ... also früher ...«

Rose brach ab und holte tief Luft.

»Ich gehe jetzt nach oben und ziehe mich um. Wir treffen uns alle zum Abendessen im Speisesaal, er liegt den Gang runter in einem weiteren Anbau. Das Essen ist wirklich gut hier.«

Mags stand ebenfalls auf; vielleicht konnte sie sich vor dem Abendessen noch kurz ausruhen. Sie war gespannt, was der Abend bringen würde.

6

»Sie muss verschwinden. So oder so.«

Mags schreckte hoch. Für einen kurzen Moment wusste sie nicht, wo sie war. Dann erkannte sie ihre Umgebung. Das Hotelzimmer, Coachhouse Inn. Der Wind wehte den Vorhang ins Zimmer, sie hatte das Fenster offen gelassen. Hektisch stand sie auf und suchte nach einer Uhr. Auf dem Nachttisch stand ein Wecker. Halb sieben.

Erleichtert aufatmend ließ sie sich zurück auf das weiche Bett sinken. Das gemeinsame Abendessen würde um sieben beginnen, sie hatte also nicht verschlafen. Sie hatte sich doch nur fünf Minuten ausruhen wollen – wohl ein gefährliches Unternehmen, wenn man so ein weiches Bett und so ein ruhiges Zimmer hatte. Sie stand wieder auf und ging zu dem schmalen Kleiderständer, an dem ein grünes Hemdblusenkleid hing, das sie sich im letzten Jahr auf Druck ihrer Freundin Mary neben einigen anderen Kleidungsstücken gekauft hatte. Mags strich sacht über den weichen Stoff. Es war ja nicht so, dass sie gar kein Interesse an Mode und Kleidung hatte, nur war ihr meist der Zeitaufwand zu groß, sich morgens genau zu überlegen, was sie anziehen sollte oder was zusammenpasste. Und so waren über die Jahre Latzhosen oder

Jeans mit praktischem Oberteil zu ihrem Standardoutfit geworden. Mit der Eröffnung der Mine in Drabstock und der damit verbundenen öffentlichen Aufmerksamkeit hatten sie und Gulliver mehrere große und repräsentative Aufträge bekommen. Und somit hatte sie dann ihren Kleiderschrank doch nach und nach erweitern müssen. Als Kopf des Evergreen Gartenservice waren eine Latzhose und ihre heiß geliebten Chucks völlig ausreichend gewesen. Als Teil des innovativen Gartenarchitektenduos Blake und Gulliver musste sie sich dann doch ab und an in Schale werfen. Mittlerweile machte es ihr sogar Freude, mal in etwas anderes zu schlüpfen. Vor allem hatten es ihr die unterschiedlichen Materialien angetan. Sie liebte kühle Seide und luftige Leinen sowie weiche Merinowolle oder dicht gewalkten Loden. Sie kaufte wenig und dafür gut und war zufrieden mit dem Ergebnis. Und das knielange Kleid mit dem breiten Gürtel aus leichtem grünen Stoff passte perfekt zu ihren Haaren. Zusammen mit den weichen Lederstiefeln war es auf jeden Fall schick genug für das erste gemeinsame Abendessen.

Kurz bedauerte es Mags, keinen Schmuck außer dem schmalen Ehering zu besitzen, der bei der Arbeit immer sicher an einer Kette um ihren Hals hing. Aber vielleicht würde sie auf der Reise etwas finden. Früher, in ihrer ersten Ehe, hatte sie einen Schmuckkasten voll mit glitzernden Dingen gehabt, allesamt Geschenke ihres verstorbenen Mannes. Aber sie hatte alle verkauft, als sie nach Cornwall zurückkehrte, um die Schulden zu bezahlen, die er ihr nach seinem Tod hinterlassen hatte. An keinem der Stücke hatte ihr Herz gehangen, keines davon hatte ihr das Gefühl gegeben, wirklich zu ihr zu passen.

Doch sie wusste, dass einige der Gärten, die sie in den nächsten Tagen besuchen würden, wunderschöne Läden hatten, in denen neben Gartenbüchern und allem anderen, was ein Gärtner brauchte oder auch nicht brauchte, oft auch Kunsthandwerk aus der Region angeboten wurde. Mags ging in das kleine Bad, um sich die Hände zu waschen und ihre widerspenstigen Haare mit einem Band zurückzubinden. Sie schaute sich im Spiegel an und lächelte. Sie würde sich etwas gönnen, etwas, das zu ihr passte und das sie sich selbst ausgesucht hatte – und vielleicht würde sie auch etwas Schönes für Sam finden.

Als sie zum Fenster ging, um es zu schließen – der Himmel sah aus, als könnte es noch Regen geben –, blieb sie auf dem Weg dorthin einen Moment nachdenklich stehen. Ihr war wieder eingefallen, was sie so plötzlich geweckt hatte.

Sie muss verschwinden. So oder so.

Was für ein merkwürdiger Satz. Vielleicht hatte sie ihn nur geträumt? Das alte Hotel und die vielen neuen Eindrücke wirbelten sicherlich alle in ihrem Kopf herum. Sie konnte noch nicht einmal sagen, ob die Stimme, die sie gehört hatte, männlich oder weiblich gewesen war. Nur eine gewisse Intensität hatte in ihr gelegen, eine Schärfe, die sie hatte aufschrecken lassen. Das sprach nicht für einen Traum, oder?

Mit einem energischen Ruck schloss Mags das Fenster. Sie würde sich umziehen und für das Abendessen fertig machen. Der Tag war noch nicht vorbei.

7

»Ich liebe dieses Hotel. Wusstest du, dass es als Filmkulisse für unzählige BBC-Produktionen verwendet wird? Ich glaube, allein damit könnte sich der Besitzer über Wasser halten. Aber Mr Bertram ist Hotelier durch und durch, und das Haus ist seit vier Generationen in Familienbesitz. Schau dich um – die Einrichtung ist entweder noch original aus den 1880ern oder wurde zumindest nach alten Bildern gefertigt. Sogar das Geschirr ist nach altem Vorbild extra hergestellt. Und siehst du irgendwo in diesem Raum eine Steckdose?«

Mags stand neben Rose Callwey im großen Speisesaal des Hotels und sah sich staunend um. Die Zeitreise, die schon in der Halle und in ihrem Zimmer begonnen hatte, wurde hier noch einmal verstärkt.

»Nein, oder? Es gibt welche, aber sie sind geschickt hinter Vorhängen oder Bildern versteckt. Alles hier im Saal und auch im Frühstücksraum soll so authentisch wie möglich aussehen. Das Obergeschoss ist ja behutsam modernisiert worden, was ich persönlich vor allem im Bad sehr zu schätzen weiß, aber hier unten, perfekte Authentizität. Als Beth und ich es vor Jahren entdeckt haben, konnten wir unser Glück kaum fassen.«

Mags hatte das kurze Stocken in Roses Stimme gehört, als sie den Namen ihrer Frau ausgesprochen hatte.

Während sie und Rose sich unterhielten, kamen nach und nach die anderen Reiseteilnehmer in den Saal und machten ebenso große Augen wie Mags selbst.

»Das ist phantastisch!«

Ein kleiner untersetzter Mann mit einer runden Hornbrille und einer übergroßen Fliege kam zu ihnen und stellte sich vor. Mags warf einen schnellen Blick auf seine Hände: braun gebrannt, mit einigen Kratzern und deutlichen Spuren von Arbeit.

»Nigel Bloomfield – ich habe mich leider etwas verspätet. Habe im British Museum die Zeit vergessen und dann prompt am Paddington den Zug verpasst. Aber solange man es rechtzeitig zum Essen schafft, ist man nicht wirklich zu spät, oder?«

Er lachte glucksend, und Mags merkte, wie ansteckend dieses Lachen war. Auch Rose schien hingerissen und stellte sich und Mags vor.

»Ich hatte Sie schon vermisst, Mr Bloomfield – es freut mich, Sie kennenzulernen. Ihre Mails waren immer so freundlich und herzlich.«

Der Mann gab wieder sein glucksendes Lachen von sich.

»Ich habe Sie nicht mit meinen Nachfragen genervt?«

»Nein, ganz und gar nicht. Ich freue mich, wenn die Teilnehmer ihre Interessen einbringen.«

Rose drehte sich erklärend zu Mags.

»Mr Bloomfield hier hat eine Leidenschaft für Heil-

und Giftpflanzen. Ich bin mir sicher, dass auch Mrs Blake einiges darüber zu erzählen weiß. Sie ist Expertin für die Gärten Cornwalls und deren Geschichte.«

Mags wurde rot und wäre Rose am liebsten auf den Fuß getreten, um sie zum Schweigen zu bringen, aber Mr Bloomfield hatte sich ihr schon begeistert zugewandt.

»Oh, dann kennen Sie doch sicherlich den Garten auf St. Michael's Mount? Dort gibt es meines Wissens im Küchengarten einige sehr alte Kräuter und ...«

Rose lächelte Mags an und wandte sich dem Ehepaar Hamilton zu, das gerade den Saal betreten hatte.

Mags merkte schnell, dass es Mr Bloomfield, wie so vielen Menschen, die voller Leidenschaft über ihr Lieblingsthema sprachen, gar nicht darum ging, mit ihr ein richtiges Gespräch zu führen, vielmehr war er einfach froh, eine Zuhörerin gefunden zu haben. Mags, die St. Michael's Mount sehr wohl kannte und einige sehr schöne, aber auch einige erschreckende Erinnerungen an die Insel und ihre Gärten hatte, nickte daher nur regelmäßig und ließ dabei unauffällig ihren Blick weiter über die anderen Gäste schweifen.

Nach einigen Minuten gesellten sich Clara, Eric und Carmen Fernandez mit ihrem Verlobten zu ihnen, Rose folgte mit dem Ehepaar Hamilton, und auch die eher schüchtern wirkende Frau, Anne Taylor, kam näher. Es wurde langsam Zeit für das Essen, und die Gruppe rückte näher zusammen. Mags lächelte. Wie sehr Menschen immer wieder bewiesen, dass sie Herdentiere und keine Einzelgänger waren. Nur das amerikanische Mutter-Tochter-Gespann und Mr Smith, der wahrscheinlich irgendetwas an seinem heiß geliebten Bus schraubte, fehlten noch.

Mr Bloomfield war gerade dabei, eine Geschichte über eine seiner früheren Reisen zu Ende zu erzählen.

»… und so kam es, dass die gesamte Reisegruppe mitsamt ihrem Gepäck am Hafen festgehalten und durchsucht wurde. Ich glaube, diesen Vormittag werden weder die Spürhunde noch wir so schnell vergessen.«

Mags lachte leise mit den anderen, und dann senkte sich ein Schweigen über die Runde, wie es manchmal vorkam, wenn Leute sich gerade erst kennengelernt hatten und es noch keine Gemeinsamkeiten gab, die die Hürde des ersten Satzes nehmen konnten. Sie sah, wie Rose gerade etwas sagen wollte, wahrscheinlich stand ihr für solche Situationen ein ganzes Repertoire an Themen zur Verfügung, als neben ihr eine leise, aber sehr klare Stimme zu hören war. Anne Taylor, die Frau, die laut Roses Liste aus Manchester kam.

»Sicherlich kann der eine oder andere von Ihnen noch spannende Geschichten aus anderen Hotels erzählen, oder?«

Die Frage kam etwas hölzern daher, und die Frau schien jedes ihrer Worte mit Bedacht gewählt zu haben. Während sie in die Runde blickte, drehte sie nervös das kleine und noch volle Sherryglas in ihren Händen. Mags lächelte sie an. Es hatte Miss Taylor sichtlich einiges an Überwindung gekostet, so vor allen zu sprechen.

Eric schien das auch zu spüren, denn er wandte sich ihr zu und nahm den Faden auf.

»Ich kann da auf jeden Fall einige Anekdoten beisteuern. Ich war beruflich öfters auf der ganzen Insel unterwegs – und was ich da schon alles für Hotels gesehen habe!«

Mags unterdrückte ein Lächeln, sie hatte die kleine Pause, die Eric vor dem Wort beruflich gemacht hatte, sehr wohl gehört. Wenn Miss Taylor wüsste, dass mit Eric jemand vor ihr stand, der im wahrsten Sinne des Wortes mörderisch spannende Geschichten erzählen konnte … Aber Eric wollte ja nicht, dass sein Beruf publik wurde, und sie war gespannt, was er für eine Geschichte erzählen würde.

»Ich glaube, mein persönlicher Höhepunkt war ein runtergekommenes Motel an einer Landstraße in den Highlands. Fern ab von allem, es kamen vielleicht nur eine Handvoll Autos am Tag vorbei, und doch machte über dem Haupthaus eine riesige Neonschrift Werbung für das Highland-Motel. Drinnen war alles in Türkis und Rosa und mit Möbeln aus den Fünfzigern eingerichtet. Der Teppichboden des Zimmers hatte ein Muster aus Flamingos und Palmen. Man fühlte sich wie in Florida! Die Überdecke auf dem Bett in meinem Zimmer war über und über mit Zitronen verziert und hellgelb. Und wenn man aus dem Fenster sah, breitete sich vor einem die karge und braun-grau-grüne Landschaft der schottischen Hochmoore aus. Es war, als würde man aus einem Film in das echte Leben schauen – oder umgekehrt. Mir selbst ist dort zwar nichts Ungewöhnliches passiert, aber ich weiß noch, wie ich dachte, dass das Motel der perfekte Ort für einen dieser schrägen Horrorfilme wäre. Ganz so schlimm war die Nacht dort zum Glück nicht, wobei …«

Er machte eine kleine Kunstpause.

»… wobei das Frühstück, bei dem meine Würstchen auf zwei Scheiben gerösteter Ananas lagen, schon ziemlich gruselig war.«

Anne Taylor hatte aufmerksam zugehört, aber nicht wie die meisten anderen gelacht.

»Das glaube ich Ihnen. Aber hier zu diesem Hotel würde ein Krimi ja schon eher passen, oder?«

Mags stutzte kurz. Hatte die Frau Eric irgendwie erkannt? War das eine Anspielung? Aber Anne Taylor schaute nur weiterhin ernst in die Runde.

Die Gruppe schien Gefallen an dem Thema zu finden, und Mrs Hamilton stupste ihren Ehemann in die Seite.

»Erzähl ihnen doch von dem Hotel in Prag!«

Mr Hamilton wurde rot und sah seine Frau mit gespielter Entrüstung an.

»Ich dachte, wir hätten uns geschworen, niemals darüber zu sprechen!«

Dann lachte er und beugte sich mit verschwörerisch gesenkter Stimme vor.

»Alles fing damit an, dass wir bei unserer Ankunft …«

Mags lauschte der Geschichte und nahm noch einen kleinen Schluck Sekt aus dem Glas, das Miss Clara ihr in die Hand gedrückt hatte. Sie verspürte mittlerweile ziemlichen Hunger und hoffte, dass es bald zu Tisch gehen würde. Vor allem Nigel Bloomfield und Percy Hamilton schienen schon mehrmals ihre Gläser aufgefüllt zu haben, und es wäre sicherlich nicht falsch, dem Ganzen eine Grundlage zu geben.

»Was haben Sie denn beruflich gemacht, dass es Sie bis in die Highlands verschlagen hat? Ich hatte es vorhin so verstanden, dass Sie aus Cornwall kommen?«

Mr Bloomfield hatte sich neben Eric gestellt und sah ihn vertrauensselig an.

Mags sah auf. Was würde er antworten?

Doch Eric kam nicht mehr dazu, eine Antwort zu geben, da Rose zu dem großen Tisch an der Fensterseite des Raumes gegangen war, gegen ihr Glas geklopft hatte und nun wartete, bis alle Teilnehmer der Gruppe einen Platz gefunden hatten. Auch die Amerikanerinnen und Mr Smith waren mittlerweile in den Raum geschlüpft.

Mags fand sich am Tisch zwischen Sunny Doobs und Laurie Hamilton wieder, ihr gegenüber saß Eric, Carmen Fernandez hatte an seiner linken Seite und Miss Clara an seiner rechten Seite Platz genommen. Mags war froh, dass es keine Sitzordnung gab und sie selbst in den nächsten Tagen herausfinden konnten, wer gerne neben wem sitzen mochte.

Neben Carmen Fernandez hatte sich ihr Verlobter Edwin Mawson gesetzt. Mr Smith saß neben Anne Taylor, was Mags günstig vorkam, da beide so aussahen, als würden sie lieber in Ruhe essen und den Gesprächen der anderen lauschen, als selbst etwas sagen zu müssen. Nigel Bloomfield saß neben Rose an der Stirnseite des Tisches und fühlte sich sichtlich wohl in seiner Haut. Das Ehepaar Hamilton hatte sich nicht nebeneinander, sondern an gegenüberliegende Plätze gesetzt, und sie blickten zufrieden umher.

Mags konnte sich gut vorstellen, wie Laurie Hamilton mit ihrer ruhigen, aber bestimmten Art und ihrer vollen, tiefen Stimme eine Schule leitete – und Percy Hamilton erinnerte sie so sehr an einen ihrer eigenen ehemaligen Lehrer für Biologie und Musik, dass sie würde aufpassen müssen, nicht mit den Namen durcheinanderzukommen.

Alles in allem schien es eine gute Runde zu sein, in der es nun still wurde, weil alle in Richtung Rose schauten, die erneut an ihr Glas geklopft hatte.

»Liebe Reisende, liebe Freunde! Ich freue mich sehr, Sie heute am ersten Abend unserer gemeinsamen Reise hier im Coachhouse Inn begrüßen zu dürfen. Wie ich sehe, sind Sie alle gut angekommen und haben hoffentlich in Ihren Zimmern und in diesem wundervollen Hotel alles so vorgefunden, wie Sie es sich vorgestellt haben.

Für mich, die ich solche Reisen ja schon seit vielen Jahren anbiete, ist der erste Abend jedes Mal der aufregendste und schönste. Es ist immer wunderbar zu sehen, wie Menschen, die in ihrem Alltag wahrscheinlich wenig gemeinsam haben, teilweise ja nicht nur aus unterschiedlichen Regionen Englands, sondern der ganzen Welt kommen, zueinanderfinden und gemeinsam Zeit damit verbringen, sich von einigen der schönsten Gärten der Welt in Bann ziehen zu lassen. Gärten verbinden Menschen – und sorgen dafür, dass wir uns auf das besinnen, was uns als Menschen ausmacht: der Wille, etwas zu erschaffen, und die Fähigkeit, es durch liebevolle Pflege zu erhalten und wachsen zu lassen.

Ich möchte Ihnen auch Mrs Margarethe Blake vorstellen, die mich auf dieser Reise mit ihrem Wissen als Gärtnerin und Gartenplanerin unterstützen wird. Sie kommt aus dem sonnigen Cornwall und hat dort, einige dürften es vielleicht wissen, aus dem alten Minengelände in Drabstock ein wahres Wunderwerk erschaffen. Dass sie die Zeit gefunden hat, uns zu begleiten, ist ein Glücksfall und eine Ehre.«

Mags merkte, wie sie rot wurde, und versuchte, möglichst gelassen in die Runde zu lächeln. Rose fuhr in ihrer Rede fort.

»Und dann möchte ich Ihnen auch Mr Smith vorstellen, der ein Meister auf einem ganz anderen Gebiet ist. Wahrscheinlich haben einige von Ihnen schon seinen herrlichen Bus bewundert, der draußen vor dem Hotel einen Ehrenplatz gefunden hat. Mr Smith und sein Bus werden uns die nächsten Tage stilvoll und im Glanz alter Zeiten durch die Landschaft Südostenglands fahren.«

Rose erhob ihr Glas.

»Auf eine wunderbare gemeinsame Woche!«

8

»Ah Rose – Sie müssen mir verzeihen, dass ich so in Ihr Essen platze, aber ich war bis eben noch außer Haus und wollte es mir nicht nehmen lassen, Sie persönlich zu begrüßen.«

Während die Kellner damit beschäftigt waren, Gläser aufzufüllen und die ersten Vorspeisen an den Tisch zu bringen, hatte ein großer, in einem auffälligen gelben Anzug gekleideter Mann den Raum betreten und war mit einem breiten Lächeln im Gesicht auf Rose zugeeilt. Der Mann hatte einen leichten französischen Akzent, der seinen Charme noch unterstrich. Rose löste sich aus seiner stürmischen Umarmung, die einem Grizzlybären alle Ehre gemacht hätte, und wandte sich an die Gruppe.

»Liebe Reisende, darf ich Ihnen Monsieur Bertram vorstellen, den Besitzer des Hotels.«

Der Mann verbeugte sich leicht und ließ seinen Blick über den Tisch gleiten. Dann riss er die Augen auf und sah Rose entsetzt an.

»Oh – Sie sind ja dreizehn am Tisch. Das geht nicht, das geht wirklich nicht!«

Das Lachen in Monsieur Bertrams Augen verriet schnell, dass es ihm mit seinem Aberglauben nicht sehr ernst war. Gespannt beobachtete Mags das Ganze und fragte sich, wohin dieses Schauspiel führen würde.

»Nein, also dreizehn Gäste dürfen in meinem Haus nicht zusammen am Tisch sitzen, das bringt Unglück.«

Er winkte einer der Kellnerinnen, die kurz darauf mit einem Stuhl und einem weiteren Gedeck zurückkam.

»Ich werde mich also einfach opfern, mich zu Ihnen setzen und mit Ihnen speisen. Was ich nicht alles für meine Gäste und ihr Glück tue – vergessen Sie das nicht, wenn Sie sich auf einer dieser grauenhaften Bewertungsseiten im Internet darüber beschweren, dass unser Haus so fürchterlich altmodisch ist.«

Sein lautes und fröhliches Lachen schallte durch den Raum.

Wie bei dem Hotel war auch bei dem Besitzer einiges hinter der Fassade versteckt. Mags beobachtete gespannt, wie er sich zu Rose setzte und eifrig auf sie einredete. Der Akzent, bei der Vorstellung noch deutlich und ausgeprägt, wurde dabei immer schwächer, und sie vermutete stark, dass er von Anfang an nicht echt gewesen war, sondern nur ein Teil der Rolle, die der Mann als Besitzer des Coachhouse Inn spielte. Auf jeden Fall passte er perfekt in sein Haus. Oder das Haus zu ihm; vielleicht war er ja auch schon immer Monsieur Bertram gewesen, und das Haus hatte sich nach und nach ihm angepasst.

Sie war so abgelenkt, dass sie einen Moment brauchte um zu bemerken, dass die junge Frau neben ihr sie fragend ansah.

»Mrs Blake?«

»Oh, entschuldige. Manchmal vergesse ich, dass ich

gemeint bin, wenn jemand von einer Mrs spricht. Ich bin Mags, wenn das für dich in Ordnung ist?«

Ihre Tischnachbarin warf ihr ein strahlend weißes Lächeln zu.

»Dann bin ich Sunny.«

Aus der Nähe betrachtet war die junge Frau noch schöner, als sie schon in der Ankunftshalle gewirkt hatte.

»Du studierst in London, oder?«

»Ja, ich habe meine Eltern ganz schön schockiert, als ich nach der Highschool nicht brav auf eine unserer großen amerikanischen Unis gehen wollte. Aber ich – ich wollte schon immer nach Europa. Sie haben es zuerst völlig abgelehnt. Und dann auch noch die Wahl meines Studienfaches. Mama erzählt ihren Freundinnen immer lieber, ich würde Sprachen studieren.«

»Was hast du denn für ein Fach gewählt?«

Sunny lachte und beugte sich etwas vor.

»Ich mache gerade meinen Bachelor in angewandter Informatik und künstlicher Intelligenz – und werde danach noch einen Master in robotischem Lernen anschließen.«

Mags machte große Augen.

»Im Ernst?«

Dann schüttelte sie den Kopf und schloss den Mund. Was für ein dummes Vorurteil, dass eine Frau, die so aussah wie Sunny, nicht auch etwas im Kopf haben konnte. Sie fing noch einmal von vorne an.

»Das ist phantastisch. Und ich wette, du bekommst

eine Menge fürchterlich dummer Reaktionen, so wie meine gerade.«

Sunny lachte.

»Ja. Aber nicht viele merken, wie dumm sie sind, und die wenigsten geben es dann auch noch laut zu.«

»Es tut mir ernsthaft leid. Ich befürchte, in meinem Kopf sind noch unendlich viele von solchen Vorurteilen versteckt.«

Sunny winkte ab.

»In meinem auch. Wahrscheinlich auch einige über Gärtnerinnen oder Engländerinnen.«

Mags zuckte kurz zusammen, musste dann aber doch lachen und hob ihr Glas.

»Dann darauf, dass wir etwas dagegen tun.«

Sie stießen miteinander an.

»Woher kommt denn dein Interesse für Gärten? Also künstliche Intelligenz und Gartenkunst haben doch nicht wirklich etwas miteinander zu tun? Oder ist deine Mutter die Gartenbegeisterte?«

Mags warf Mrs Doobs, die sich angeregt mit Monsieur Bertram unterhielt, einen schnellen Blick zu.

»Meine Mutter ist ein echtes Wüstenkind und hat keine Ahnung von Gärten. Sie ist unweit von Las Vegas auf einer staubigen Ranch aufgewachsen. Typisch für Nevada, es gab dort Rinder, Pferde und immer zu wenig Wasser. Um einen blühenden Garten zu sehen, musste sie wahrscheinlich über die Berge bis nach Kalifornien fahren. Und unser Garten zu Hause besteht aus Sand, Steinen, einem großen Pool und einigen Kakteen und Sträuchern.«

»Also doch du?«

Sunny nickte.

»Ich hab als Kind durch Zufall eine Ausgabe von *Der geheime Garten* in die Hände bekommen und begeistert gelesen. Danach wollte ich von meinen Eltern jedes Kinderbuch haben, das in England spielt. Und in so vielen tauchen Gärten auf. Ich habe bei uns zu Hause aus dem Fenster gesehen und mir vorgestellt, wie es wäre, dort nicht Wüste und Häuser zu sehen, sondern grüne Wiesen und Bäume, blühende Gärten und alte Mauern, hinter denen man sich verstecken könnte.«

»Oh – ja. *Der geheime Garten.*«

Auch Mags hatte das Kinderbuch verschlungen, allerdings war sie in einer Umgebung aufgewachsen, wo sie nur wenige Meter gehen musste, um an ähnliche Orte zu gelangen.

»In meinem Heimatdorf in Cornwall, es heißt Rosehaven und liegt direkt an der Mündung des Hellford Rivers, gibt es ein altes Pfarrhaus, das lange leer stand. Und neben dem Pfarrhaus einen großen Garten, eingefasst von einer hohen Mauer, über die man früher nur die Äste der alten Obstbäume sehen konnte. Sobald wir groß genug waren, sind wir heimlich in den Garten geklettert und haben ihn zu unserem geheimen Ort gemacht. Ein Ort, an den die Erwachsenen nicht kamen und an dem wir viel Platz hatten, unsere Spiele zu spielen und Abenteuer zu erleben.«

»Das klingt wundervoll.«

Mags, die froh war, ihre Kindheit in Rosehaven verbracht zu haben, nickte zustimmend.

»Gibt es den Garten noch – steht das Haus weiterhin leer? Mein Traum ist es, irgendwann selbst so einen Garten zu haben.«

Mags schüttelte den Kopf.

»Nein, es ist wieder bewohnt. Ein guter Freund von mir lebt dort, er ist auch Gärtner, ein phantastischer Gärtner, und er hat aus dem Haus und dem Garten sein eigenes Paradies geschaffen. Wenn du einmal nach Rosehaven kommen magst, zeige ich es dir. Er wäre entzückt, dich kennenzulernen.«

»Ich war noch nicht in Cornwall – bisher habe ich in den Semesterferien meine Zeit in irgendwelchen Forschungseinrichtungen verbracht, Praktika gemacht und auf meinen Abschluss hingearbeitet.«

»Setz dich in den Zug, und fahr los. Aber Vorsicht, manchmal passiert es, dass jemand sich so in die Landschaft verliebt, dass er nicht wieder zurückwill.«

Mags dachte an Sam und wünschte sich, er wäre bei ihr und würde mit ihr gemeinsam den Abend genießen.

Der Nachtisch wurde aufgetragen, ein Erdbeer-Trifle, das Mags, die eine Schwäche für alles Süße hatte, dazu brachte, glücklich die Augen zu schließen und leise zu stöhnen.

»Bisher war ich ja nicht so begeistert von der englischen Küche, aber das hier …«

Carmen Fernandez, die sich bisher mit ihrem Verlobten unterhalten hatte, lächelte Mags an. Auch sie hatte das Glas bis auf den letzten Krümmel geleert.

»… das hier könnte dazu führen, dass ich da umdenke.«

»Sie kommen aus London, oder?«

»Ja, ich lebe seit mittlerweile fast zehn Jahren dort. Aber in London gibt es so viele Möglichkeiten, sich durch die Küchen der ganzen Welt zu essen – wirklich traditionelles englisches Essen kommt da bei uns selten auf den Tisch. Und ich koche selbst gern – dann allerdings die Küche meiner Heimat in Südspanien. Aber das hier ist wirklich phantastisch.«

Sie sah Mags neugierig an.

»Kochen Sie selbst auch?«

»Nur, wenn es sich absolut nicht vermeiden lässt. Was das angeht, bin ich nicht sonderlich begabt. Aber im letzten Jahr haben mein Mann und ich ein Haus gekauft, mit einem großen Gemüsegarten. Und seitdem ist es etwas besser geworden. Wobei meine Erfahrungen bisher vor allem auf Ofengemüse jeglicher Art begrenzt sind. Und auf Salat, natürlich. Für alles, was komplizierter ist, gehe ich in den örtlichen Pub oder zu meiner Freundin Miss Clara. Die ist viel besser in so was als ich.«

»Miss Clara? Sie meinen Mrs Johnson, die sich mit ihrem Mann unterhält?«

»Oh, ja, stimmt, das kann etwas verwirrend sein. Miss Clara ist ein Spitzname, den sie schon seit Jahren hat. Und als sie im letzten Jahr geheiratet hat, hat sie ihn einfach beibehalten. Niemand im Dorf würde sie Mrs Johnson nennen. Jedenfalls ist sie eine verdammt gute Köchin, und backen kann sie auch. Ich würde für ihre Kuchen und ihr Gebäck so einiges tun! Ohne Miss Clara wäre ich sicherlich völlig abgemagert und würde mich von mühsam erhitzten Dosenmakkaroni ernähren. Ich verdanke ihr viel.«

Mags hatte das leichthin gesagt, aber in Wirklichkeit wäre sie ohne Miss Clara und deren Beistand bei ihrer Rückkehr nach Rosehaven und in den darauffolgenden Jahren wahrscheinlich nie zu der Frau geworden, die sie heute war.

Sie schüttelte die Erinnerungen ab und wandte sich wieder Carmen zu.

»In welchem Stadtteil von London leben Sie denn?«

»Oh, in Notting Hill. Ich arbeite am dortigen Community College als Spanischlehrerin und gebe auch Kurse in Flamenco und Tango. Ich bin das komplette spanische Klischee.«

Sunny hatte neugierig zugehört und lachte.

»So wie meine Mutter das perfekte Las-Vegas-Klischee ist. Aber sie ist glücklich damit.«

Mags überlegte kurz.

»Und ich dann die typische englische Gärtnerin?«

Aber sowohl Sunny als auch Carmen schüttelten den Kopf.

»Nein. Dafür bist du zu jung.«

»Und Sie haben keinen Strohhut auf.«

»Und keinen Hund, der zu deinen Füßen liegt, oder?«

»Ich habe zwei Gänse, die meinen Garten gegen alle Eindringlinge verteidigen, zählt das auch?«

»Ernsthaft?«

»Ja.«

Carmen Fernandez lachte und schüttelte den Kopf.

»Dann nehme ich meine Aussage zurück – Sie sind doch dicht dran an dem Klischee einer englischen Gärtnerin, Mrs Blake.«

»Sag doch Mags, bitte.«

»Gern.«

»Und ja, manchmal befürchte ich, es sieht alles ein wenig wie auf einer Postkarte aus. Bis ich dann ins Büro komme, das Telefon klingelt, ich tausend Mails bekomme, die Rechnungen und zum Glück auch Aufträge sich stapeln, mein Mann hinter seinem Schreibtisch verschwindet, die Rehe meine Gemüsebeete leer fressen und besagte Gänse es schon wieder geschafft haben, aus ihrem Gehege auszubrechen und die Küche zu verwüsten … Dann fühlt es sich ganz real an.«

Sie lehnte sich zurück und hörte zu, wie Sunny und Carmen über verschiedene Konzerte und Theaterstücke sprachen, die sie in letzter Zeit gesehen hatten. Mags letzter Besuch eines Konzertes war die umjubelte Aufführung der Rosehaven Singers, einem Männerchor, der sich weniger durch seine Gesangsleistungen als durch seine schrägen Kostüme und Auftritte einen Namen gemacht hatte. Während die beiden anderen Frauen das Thema wechselten und auf die aktuellen Kunstausstellungen in der Stadt zu sprechen kamen, fragte Mags sich, ob sie wirklich so ein Landei war, wie es gerade schien. Aber sie wusste, dass sie nach wenigen Tagen in London den weiten Himmel über sich und vor allem die Stille um sich herum schmerzlich vermissen würde.

Überall am Tisch waren die Teilnehmer in angeregte Gespräche vertieft. Miss Clara wurde von Nigel Bloomfield in Beschlag genommen, Eric unterhielt sich angeregt mit dem Ehepaar Hamilton und Patricia Doobs. Rose wurde immer noch von Monsieur Bertram in Beschlag genommen. Nur Anne Taylor saß still und unauffällig an ihrem Platz, schien das aber ihrem Gesichtsausdruck nach zu urteilen auch in Ordnung zu finden. Anders als Edwin Mawson, der neben seiner fröhlich mit Sunny quatschenden Verlobten saß und missmutig ein Stück Brot zerkrümelte.

Mags beugte sich etwas vor und sprach ihn direkt an.

»Ist das Ihre erste Gartenreise?«

Es dauerte einen Moment, bis Edwin Mawson aufsah und sie wahrzunehmen schien. Wo immer er mit seinen Gedanken gewesen war, es schien weit weg gewesen zu sein.

Seine bis eben noch gerunzelte Stirn glättete sich, und ein Lächeln überzog sein Gesicht. Er war wirklich ein gut aussehender Mann. Die blauen Augen standen im Kontrast zu den dunklen, gewellten Haaren und sein Lächeln offenbarte zwei Grübchen, die den ansonsten sehr glatten Gesichtszügen etwas Verschmitztes gaben.

»Mrs Blake, richtig?«

»Mags.«

»Edwin, sehr erfreut. Ich war gerade noch mit den Gedanken bei meiner Arbeit – eine Sünde, angesichts der schönen Gesellschaft hier.«

Er flirtete wohl ein wenig mit ihr, aber auf eine fast altmodische Art und Weise, harmlos, wahrscheinlich eher aus Gewohnheit als aus gezieltem Interesse. Auch seine Verlobte neben ihm schien es gewohnt zu sein und ließ sich in ihrer Unterhaltung mit Sunny nicht stören.

»Und um auf deine Frage zurückzukommen – ja, das ist meine erste Gartenreise. Ich wollte Carmen etwas Besonderes schenken, irgendetwas, das vielleicht als typisch englisch durchgeht. Und da bin ich über die Reise hier gestolpert. Kurz war noch eine Wanderung von Pub zu Pub in Wales im Spiel, aber …«

Carmen drehte sich kurz um und unterbrach ihn.

»… aber deine bezaubernde Verlobte hat dir deutlich gemacht, dass das Wandern über Kuhwiesen und Schafweiden bei typisch englischem Nieselregen keine gute Idee wäre.«

Er lachte, und der Blick, mit dem er seine Freundin ansah, machte Mags klar, dass das Flirten wirklich nur eine Gewohnheit gewesen war. Sogar ein Blinder hätte erkennen können, dass Edwin seiner zukünftigen Frau restlos verfallen war.

»Ich muss zugeben, dass die Reise hier mit dem Bus und den Hotels wahrlich mehr Komfort verspricht. Und ich bin gespannt, etwas über die Gärten zu lernen, die wir besuchen. Vielleicht zieht es uns ja auch einmal aufs Land hinaus, wer weiß.«

Carmens hochgezogenen Augenbrauen machten deutlich, dass ein Umzug aufs Land auf keinen Fall infrage kommen würde. Mags lächelte leise und versuchte, das Gespräch in eine etwas andere Richtung zu lenken.

»Es muss ja nicht gleich ein Umzug aufs Land sein –

immerhin hat auch London eine Menge an Gärten zu bieten, nicht nur die großen bekannten. Man muss sie nur ein wenig länger suchen, doch dann wird man mit richtigen Schätzen belohnt. Du solltest dir einmal die Seite der englischen Gartengesellschaft ansehen, dort sind auch die Privatgärten aufgelistet, die einmal im Jahr für Besucher geöffnet werden. Da sind einige Gärten dabei, die mitten in London liegen.«

»O ja? Das wusste ich noch gar nicht. Danke für den Tipp.«

Carmen hatte sich ihnen wieder zugewandt, da Sunny aufgestanden und zu ihrer Mutter gegangen war.

»Als ob Edwin hier sich die Zeit nehmen würde. Arbeit, Arbeit, Arbeit – so sieht es doch aus.«

Er sah sie nur an und schüttelte den Kopf.

»Noch einige Jahre, und ich kann meine Firma verkaufen und dann für den Rest meines Lebens so viele Gärten sehen, wie ich will. Und du kannst so viel tanzen und kochen, wie du schon immer wolltest.«

Carmen lachte.

»Tanzen und kochen tue ich auch jetzt schon – was mir fehlt, ist ein Mann mit Zeit, das gemeinsam mit mir zu tun.«

Es schien ein altes Thema zwischen den beiden zu sein, das sie in einer Mischung aus Ernst und Spiel wie einen Ball hin- und herwarfen. Mags beschloss, die beiden allein zu lassen, und stand auf. Die letzten Teller waren abgeräumt worden, und überall um sich herum sah sie in zufriedene Gesichter.

Fast überall – denn die stille Miss Taylor schien konzentriert das Muster der Tischdecke zu betrachten und wurde dabei von Sunnys Mutter Patricia, die mit einem Glas in der Hand hinter ihrem Stuhl stand, stirnrunzelnd beobachtet.

Mags ging einige Schritte auf die Amerikanerin zu und lächelte sie freundlich an. Auch von Nahem ließen sich in dem sorgfältig geschminkten Gesicht kaum Falten erkennen, und die blonden Haare glänzten mit dem eleganten und silberdurchwirkten Hosenanzug um die Wette.

»Mrs Doobs? Ich freue mich, Sie kennenzulernen. Ihre Tochter erzählte mir vorhin, dass Sie auf einer Ranch in Nevada groß geworden sind? Ich habe einige Jahre in den USA gelebt – und als ich hierher zurückkam, erschien mir erst einmal alles so klein und winzig. Wie in einer Puppenstube.«

Patricia Doobs hatte ihren Blick von Anne Taylor gelöst und sich Mags zugewandt. Im Bruchteil einer Sekunde wurde ihr konzentrierter Gesichtsausdruck von einem strahlenden Lächeln abgelöst. Mags ging die Verwandlung fast zu schnell, und sie fragte sich, wie oft das Lächeln der Frau vor ihr wirklich von Herzen kam und nicht nur automatisch aufgesetzt wurde.

»Mrs Blake, wie schön, Sie kennenzulernen. Rose hat vorhin beim Essen ja geradezu von Ihnen und Ihrer Arbeit geschwärmt.«

Mags merkte, wie sie erneut rot wurde, und war froh, als Sunnys Mutter weitersprach.

»Ja, es ist wahrscheinlich alles eine Frage der Perspektive, nicht wahr?«

Ihr Blick glitt wieder zu Anne Taylor, blieb kurz an ihrer lachenden und sich lebhaft unterhaltenden Tochter hängen und kehrte dann zu Mags zurück.

»Ich finde hier auch alles geradezu pittoresk. Wie viele Betten hat dieses Hotel? Vielleicht vierzig oder maximal fünfzig? Die Häuser in Vegas fangen meist erst bei vierhundert Betten an – und das mit viel Luft nach oben.«

Mags schauderte leicht bei dem Gedanken, mit so vielen fremden Menschen unter einem Dach zu übernachten. Für sie war das Coachhouse Inn schon groß genug – und wäre sie mit Sam unterwegs, hätte sie sicher viel eher ein kleines B&B mit nur wenigen Zimmern gewählt.

»Mr Bertram scheint sich hier ganz gut eingerichtet zu haben, trotz der relativ kleinen Größe. Ich finde, er kann stolz sein auf dieses Haus, und er wirkte auch sehr zufrieden.«

»Ja, so sieht es aus, nicht wahr?«

Patricia Doobs ließ ihren Blick wieder durch den großen Raum und über die sich angeregt unterhaltenden Gäste gleiten. Alle wirkten gelöst und zufrieden, nur die Amerikanerin selbst schien eine gewisse Unruhe auszustrahlen. Schließlich sah sie wieder Mags an.

»Vielleicht ist das der Unterschied zwischen uns Amerikanern und Ihnen hier in England. Gut eingerichtet würde in meiner Welt nicht reichen – es würde immer darum gehen, mehr zu wollen, mehr zu bekommen. Mehr zu …«

Sie zögerte kurz und sah wieder über den Tisch, von dem mittlerweile alle Gäste aufgestanden waren.

»Mehr zu haben.«

Mags nickte. Das war wahrscheinlich der Grund, warum es ihrem Ex-Mann Arthur in den Staaten so gut gefallen hatte. Mehr haben, mehr erreichen – er, der selbst aus einer wohlhabenden cornischen Familie stammte, hatte sich immer eingeengt gefühlt von der Welt um ihn herum. Die Straßen zu schmal für seinen Sportwagen, die Regeln zu eng für seine Wünsche. Und eben jene Wünsche und eben jener Sportwagen hatten ihn schließlich das Leben gekostet. Betrunken und viel zu schnell unterwegs hatte er seinen Wagen in einer der wenigen Kurven gegen einen der wenigen Bäume gerammt und war im brennenden Wrack gestorben.

Mags schluckte. Sie hatte doch nur Small Talk machen wollen mit Sunnys Mutter – und stand plötzlich in einem Sumpf von Erinnerungen, den sie lange nicht mehr betreten hatte. Energisch schüttelte sie den Kopf und zwang sich, Mrs Doobs ein unbeschwertes Lächeln zu schenken.

»Stimmt denn das mit der Ranch? Ich hatte gleich Bilder von Cowboys und Pferden im Kopf.«

Ihr Gegenüber lachte, und diesmal schien das Lachen echt zu sein. Die kleinen Falten, die dabei um ihre Augen und ihren Mund entstanden, ließen zum ersten Mal ihr wahres Alter erahnen.

»Sunny neigt dazu, alles zu romantisieren. Die Ranch meines Großvaters war mehr oder weniger ein Hobby, denn er hatte in den sechziger Jahren erfolgreich auf seinem Land nach Öl bohren lassen. Die Rinder und Pferde waren eher eine Art Staffage als eine richtige Einkommensquelle.«

Während sie sprachen, hatten sie sich der Gruppe angeschlossen, die hinter Rose und Mr Bertram zielsicher in Richtung der Hotelbar unterwegs war.

Doch dann blieb Patricia Doobs plötzlich stehen und sah Mags entschuldigend an.

»Gehen Sie doch schon einmal vor – ich glaube, ich habe mein Schultertuch am Esstisch liegen lassen. Ich komme gleich nach.«

Mags sah der schlanken Gestalt hinterher, die sich in Richtung Speisesaal bewegte, wobei ihr alle anderen Menschen automatisch Platz machten. Patricia Doobs würde wahrscheinlich noch die dichteste Menschenmasse dazu bringen, eine Schneise zu bilden, durch die sie ungestört gehen konnte. Und trotzdem – Mags könnte schwören, gerade nicht mit einem glücklichen Menschen gesprochen zu haben. Sie drehte sich um und eilte den anderen hinterher in die Bar. Der Abend war noch jung.

9

Als die ganze Truppe in der Bar angekommen war, nahm Rose Mags kurz beiseite.

»Mags, würdest du dich vielleicht ein wenig um Miss Taylor kümmern? Sie war am Tisch so leise, und vielleicht taut sie dir gegenüber etwas auf. Du hast so eine entwaffnende und harmlose Art an dir.«

Mags war sich nicht sicher, ob sie das als Kompliment auffassen sollte, willigte aber ein. Sie hatte eh vorgehabt, sich Anne Taylor vorzustellen.

Die Bar des Hotels wirkte ebenfalls wie eine Filmkulisse oder wie ein Ort, an dem die Zeit stehen geblieben war. Wobei sie Mags mehr an Bilder von Räumen aus den Zwanzigern erinnerte. Alles glänzte, und die einzelnen Nischen und Tische waren von schmalen grünen Lampen erleuchtet. Die Wände waren mit gerafften Stoffen bedeckt, und schwere goldgemusterte Samtvorhänge hingen links und rechts der Nischen, zurückgebunden mit dicken goldenen Kordeln. Niedrige Sessel und geschwungene Sofas, bezogen mit dunkelgrünem Leder, waren um polierte Holztische gruppiert. Hinter dem Tresen, der sich in U-Form über die Stirnseite des Raumes erstreckte, standen unzählige Glasflaschen in mit geschliffenen Spiegeln versetzten Regalen. Flüssigkeiten jeder Farbe und wahrscheinlich jeden Geschmacks schimmerten in den Flaschen und warteten darauf, zu Cocktails gemixt zu werden. Auch hier war die moderne Beleuchtung dezent hinter alten Lampenschirmen verborgen. An den Wänden hingen Theaterposter, die Werbung für große Tanzrevuen machten. Die Kellnerinnen und Kellner trugen alle schwarze Anzüge mit weißen Hemden und engen Westen und verteilten freundlich lächelnd die ersten Gläser an die Gäste.

Anne Taylor hatte sich einen Tisch am Rande des Raumes ausgesucht und sich so gesetzt, dass sie alle anderen Teilnehmer gut beobachten konnte. Mags musste lächeln, denn genauso hätte sie es auch gemacht. Lieber beobachten, als selbst beobachtet zu werden.

»Darf ich mich zu Ihnen setzen?«

»Ja, natürlich.«

»Mags Blake.«

»Anne Taylor, es freut mich.«

»Sie sahen gerade so in Gedanken versunken aus.«

»Ja?«

Zum ersten Mal wurde Mags von der Frau vor sich direkt angeblickt, und sie musste ihren anfänglichen Eindruck verwerfen. Anne Taylor mochte schüchtern sein, aber in den hellblauen und klaren Augen, die sie anblickten, war keine Naivität zu sehen.

»Ja, das stimmt. Ich habe gerade daran gedacht, wie groß die Welt ist – all diese Geschichten über Hotels und Abenteuer. Ich war noch nie wirklich weit weg von zu Hause.«

Sie nippte an ihrem Glas und sah Mags dabei nachdenklich und sehr konzentriert an. Schließlich sprach sie weiter.

»Und gleichzeitig ist die Welt oft so erstaunlich klein.«

»Wie meinen Sie das?«

»Ist Ihnen das schon mal passiert, dass Sie irgendwo waren, weit weg von Ihrer Heimat, und dort plötzlich jemanden getroffen haben, den Sie kennen? Dabei leben allein hier bei uns in England sechsundfünfzig Millionen Menschen. Nun ja, eigentlich sind es aktuellen Zählungen zufolge fünfundfünfzig Millionen und neunhundertachzigtausend Menschen. Aber ich habe mir erlaubt, es der Einfachheit halber aufzurunden.«

Mags musste ein Lächeln unterdrücken und beeilte sich, zustimmend zu nicken. Miss Taylor war anscheinend jemand, dem die genauen Zahlen sehr wichtig waren.

»In ganz Großbritannien sind es schon siebenundsechzig Millionen. In Europa leben geschätzt siebenhundertfünfzig Millionen Menschen. Auf der Welt gibt es nach aktuellen Schätzungen fast acht Milliarden Menschen. Eine Milliarde sind eintausend Millionen. Also siebentausendachthundertvierzig Millionen Menschen, die man treffen könnte. Das ist eine unvorstellbare Zahl. Sie kommen aus einem kleinen Dorf, oder? Wie viele Menschen kennen Sie dort? Grob geschätzt?«

Mags wusste nicht, worauf ihr Gegenüber hinauswollte, aber die Intensität in ihrer Stimme riss sie mit, und sie dachte ernsthaft über die Frage nach.

»Das Dorf heißt Rosehaven und hat offiziell vierhundertvierundsiebzig Einwohner. Die kenne ich fast alle, also zumindest die Erwachsenen und Teenager, würde ich sagen. Zumindest so, dass ich sie auf der Straße erkennen würde, verstehen Sie?«

Anne Taylor nickte.

»Und dann sind da noch die umliegenden Dörfer, die Menschen, die ich über meine Arbeit kenne, Kunden und andere Gärtner. Vielleicht noch mal hundert, zweihundert Gesichter?«

Mags wurde weiterhin neugierig angesehen und fuhr nachdenklich fort.

»Freunde von früher, aus der Schule oder der Ausbildung würde ich auch wiedererkennen. Eine Handvoll Prominenter vielleicht? Wobei ich da wirklich etwas hinter dem Mond lebe. Aber einige würde ich schon erkennen. Einige Menschen, die ich von Reisen kenne, oder über Freunde oder so. Vielleicht insgesamt noch mal zweihundert Leute?«

Anne hörte ihr aufmerksam zu.

»Also grob geschätzt vielleicht eintausend Menschen, die ich erkennen und ansprechen würde, wenn ich ihnen zum Beispiel hier im Hotel begegnen würde. Das klingt aber nach sehr viel.«

Die Frau vor ihr schüttelte den Kopf.

»Das ist aber herzlich wenig. Allein schon im Verhältnis zu den nur sechsundfünfzig Millionen Einwohnern Englands ist die Wahrscheinlichkeit doch immens gering, sich zufällig an einem anderen Ort auf der Welt über den Weg zu laufen. Eintausend zu sechsundfünfzig Millionen, oder eben eins zu fünfhundertsechzigtausend.«

Sie lehnte sich zurück und versuchte offenbar einzuschätzen, ob Mags ihre Argumentation verstanden hatte.

»Wenn Sie unendlich viele Versuche hätten, also unendlich vielen Menschen nacheinander über den Weg laufen könnten, müssten Sie, um hier in England einem Ihnen bekannten Menschen zu begegnen, nach unserer Rechnung vorher auf fünfhundertsechzigtausend Menschen treffen, die Sie nicht kennen.«

Mags nickte. Sie hatte es verstanden.

»Sie haben also recht: Die Welt ist verdammt groß.«

»Und trotzdem … Menschen kaufen auch regelmäßig Lose für die Lotterie, und da ist die Wahrscheinlichkeit noch viel, viel geringer.«

Anne schüttelte den Kopf und begann, die Zuckerwürfel auf dem Tisch zu einem Turm zu stapeln. Anscheinend war das Thema für sie erledigt. Mags versuchte es mit ihrer Standardfrage.

»Ist das Ihre erste Gartenreise?«

Anne lachte.

»Verraten Sie es den vielen Weltreisenden unter uns nicht weiter, aber das ist ehrlich gesagt meine erste Reise überhaupt. Ich wollte immer reisen, aber – es war nie die richtige Zeit dafür.«

Ihre Augen hatten sich kurz verdunkelt, und Mags fragte sich, was eine Frau wie Anne Taylor wohl ein ganzes Leben lang davon abgehalten haben könnte, zu reisen.

»Jetzt bin ich seit Anfang des Jahres im Ruhestand, und meine Kollegen haben etwas Geld gesammelt, um mir zum Abschied diese Reise zu schenken. Da konnte ich nicht Nein sagen, oder?«

Mags blickte auf. Das war ein sehr großzügiges Geschenk. Sie wusste, was Rose und Beth für die Reise verlangten. Sie war ihr Geld wert, keine Frage, die Teilnehmer wurden für die gesamte Zeit mit allem versorgt und würden sich um nichts kümmern müssen. Aber das hatte nun mal seinen Preis. Annes Kollegen hatten mehr getan, als einen Blumenstrauß und eine Schachtel Konfekt zu kaufen. Weitaus mehr.

»Wo haben Sie denn gearbeitet?«

Sie sah, wie Anne kurz zusammenzuckte und durch den Saal blickte. Dann griff sie zu ihrem Glas. Es war wieder ein Glas mit Sherry, und Mags war sich nicht sicher, ob es nicht einfach noch das gleiche Glas war wie vor dem Essen.

»Ach, in der Verwaltung. Ein Schreibtischjob, so sagt man doch, oder? Aber es passte zu mir, ich mag es, wenn alles seine Ordnung hat.«

Mags dachte an ihren Schreibtisch in Rosehaven und das Chaos, das dort meistens herrschte. Zum Glück hatte sich Miss Clara nach Weihnachten dann doch bereit erklärt, stundenweise für Mags zu arbeiten und sich um die Buchhaltung zu kümmern. Sie selbst konnte das zwar auch, aber vor die Wahl gestellt, draußen in ihren Gärten zu arbeiten oder drinnen an einem Schreibtisch zu sitzen, musste Mags nie lange nachdenken.

»Wenn ich in einem Garten arbeite, dann hat auch alles seine Ordnung, selbst wenn es am Anfang für Außenstehende nicht so aussehen mag. Aber mein Schreibtisch würde Sie wahrscheinlich nicht glücklich machen.«

Anne schüttelte den Kopf.

»Oh, wahrscheinlich würde er das sogar sehr, zumindest, wenn ich ihn für Sie aufräumen dürfte. Ich liebe es, Ordnung in Dinge zu bringen – und ich glaube, das fehlt mir gerade am meisten. Meine Mutter hat immer gesagt, ich hätte schon als Kind meine Spielzeuge nach Größe und Farbe sortiert.«

»Wenn es Sie einmal nach Cornwall verschlägt, müssen Sie mich auf jeden Fall besuchen.«

»Sagen Sie das jetzt aus Höflichkeit, oder war es eine ernst gemeinte Einladung?«

Mags wurde rot, und Anne beeilte sich, weiterzusprechen.

»Jetzt habe ich etwas Falsches gesagt? Mir fällt es manchmal schwer …«

Sie zögerte und schien nach den richtigen Worten zu suchen.

»Mir fällt es manchmal schwer, hinter so einen Vorschlag zu blicken.«

Mags überlegte kurz.

»Nun, das ist ja auch nicht immer einfach, oder? Ich glaube, ein Teil von mir hat es aus Höflichkeit gesagt. Ein anderer Teil, weil es eine lustige Vorstellung ist, dass Sie extra nach Cornwall kommen würden, um das Durcheinander auf meinem Schreibtisch aufzuräumen.

Und noch ein weiterer Teil hat es auf jeden Fall gesagt, weil Sie mir sympathisch sind und ich mich wirklich freuen würde, wenn Sie kämen. Also war die Einladung eigentlich nur so dahingesagt, aber irgendwie auch ernst gemeint.«

»Sehen Sie, darum finde ich es schwer, so etwas zu verstehen.«

Anne trank mit einem großen Schluck ihr Glas leer.

»Danke für das Gespräch, Miss Blake. Und danke für den Teil der Einladung, der eine echte Einladung war. Vielleicht laden Sie mich ja am Ende der Reise noch mal ein, ohne die Höflichkeit und ohne den Scherz. Oder Sie laden mich vielleicht auch aus. Sie sehen, es kann anstrengend sein mit mir.«

Mags wollte protestieren, doch Anne war schon vom Tisch aufgestanden und ging mit kleinen, schnellen Schritten zum Ausgang der Bar.

Was für eine eigenwillige Frau.

10

SAM
ROSEHAVEN

Sam versuchte, so lautlos wie möglich seine langen Beine in der kleinen Gartenhütte von Mrs Clark auszustrecken. Ein aussichtsloses Unterfangen, da die Hütte selbst nur eine Grundfläche von fünf Quadratmetern hatte. Und diese waren fast vollständig mit einem alten Rasenmäher, einem Haufen Gartenwerkzeuge, die, wie Sam schmerzhaft hatte feststellen müssen, äußert spitze Ecken aufwiesen, und einem riesigen Vorrat an Dünger und Erde besetzt. Der süße Geruch des Düngers kitzelte Sam in der Nase, und er befürchtete, mit einem lauten Niesen alles zu verderben. Vorsichtshalber atmete er so flach wie möglich und ignorierte das unangenehme Kribbeln in seinen Beinen. Durch das kleine Fenster, das er am Nachmittag vorsichtig von Spinnweben und Staub befreit hatte, konnte er die offen stehende Küchentür gut sehen. Und dort auf dem Tisch stand, schon seit einigen Stunden, eine immer noch schwach nach Zimt und Honig duftende Auflaufform mit einem von Mrs Clarks Puddingkuchen.

Sams Magen knurrte, und er fluchte leise, weil er nicht daran gedacht hatte, sich etwas zu trinken oder zu essen mit in sein Versteck zu nehmen. Und außerdem signalisierte ihm seine Blase seit geraumer Zeit, dass er einen weiteren Aspekt ebenfalls nicht bedacht hatte.

Keiner seiner Abenteuerhelden hatte sich je mit solchen Problemen herumschlagen müssen. Ein Held schlich sich stundenlang lautlos an jemanden heran, ohne knurrenden Magen oder drückende Blase. Hunger oder Durst gab es nicht für sie – sie standen als wahre Helden über solchen Dingen. Sam fragte sich, wie wohl die Leser es finden würden, wenn in seinem nächsten Buch die Handlung an einer spannenden Stelle unterbrochen werden würde, da die Hauptfigur schnöden menschlichen Bedürfnissen nachgehen musste.

Er lehnte seinen Kopf gegen die kratzige Holzwand und versuchte, sich wieder auf seine Aufgabe zu konzentrieren, doch vergebens. Seine Gedanken wanderten zu Mags, die sicherlich gerade in ihrem Hotelzimmer liegen würde und hoffentlich trotz ihrer Nervosität schlafen könnte. Was sie wohl zu seinem nicht allzu gut durchdachten Versteck sagen würde?

Sam musste eingenickt sein, denn er schreckte hoch, als er aus der Küche vor ihm ein leises Klirren hörte.

Das musste die Gabel gewesen sein, die er so unter den Rand der Auflaufform geschoben hatte, dass sie auf den Fliesenboden fallen würde, sollte jemand den Kuchen hochheben!

Blitzschnell stand er auf, bereit, den Dieb auf frischer Tat zu ertappen. Zumindest *wollte* er blitzschnell aufstehen, aber in seiner Eile hatte er die Ausmaße der Hütte, seine eigene Körpergröße und die schlechte Durchblutung seiner langen Beine nach einigen Stunden in gekrümmter Haltung vergessen. Aus dem eleganten Aufspringen und Aus-der-Hütte-stürmen, zu dem er seinen Muskeln den Befehl gegeben hatte, wurde daher ein hektisches Strecken, bei dem er sich Ellbogen und Kopf schmerzhaft an Hüttenwand und Decke stieß, gefolgt von einem taumelnden Schritt nach vorn, bei dem das rechte Bein unter seinem Gewicht nachgab und ihn gegen die angelehnte Tür stolpern ließ. Da die Tür sich nach außen öffnen ließ, fiel er der Länge nach auf den Gartenweg, gefolgt von einem Rechen und einer (leider immer noch äußerst spitzen) Harke, und landete dort mit einem lauten Scheppern und einem nur mühsam unterdrückten Fluch.

Die Tür zu Mrs Clarks Küche stand weiterhin offen, und das Licht der Lampe fiel auf einen nun leeren Küchentisch. Nicht ganz leer, denn in der Mitte sah Sam ein kleines Holzfigürchen liegen. Fluchend stand er auf und sah sich die Figur näher an. Was er da gerade in Händen hielt, war ein richtiges Kunstwerk, viel mehr als nur eine einfach geschnitzte Figur. Und es war ein –

Zeigte sie etwa einen Elfen? Mit einem Sack über der Schulter wie ein Einbrecher? Sam lachte laut auf.

Wer immer den Kuchen geklaut hatte, war nicht nur geschickt mit seinen Händen, sondern hatte auch Humor.

Sam rieb sich Ellbogen und Stirn und schloss dann leise die Küchentür, um in den Pub zu gehen, wo Mrs Clark zusammen mit ihren Freundinnen und dem Rest des Dorfes wartete, um von seinem Erfolg zu hören.

Er würde sich eine verdammt gute Geschichte ausdenken müssen. Auf dem Weg zum Pub pfiff er ein fröhliches Lied.

Denn während er anscheinend nicht sonderlich gut darin war, Diebe zu fangen, war er im Geschichten ausdenken dafür umso besser.

11

Mags überlegte, ob sie sich ebenfalls verabschieden und den Tag beenden sollte, aber da kamen schon Eric und Miss Clara zu ihr an den kleinen Tisch. Miss Clara hatte ein Lächeln auf den Lippen und ein Glas Champagner in der Hand.

Mags' Herz machte einen kleinen Hüpfer – es war wunderbar, ihre Freundin so glücklich und gesund zu sehen.

»Ist das alles hier nicht herrlich?«

Mags lachte.

»Ja. Herrlich altmodisch. Ich fühle mich wirklich wie in einem Film. Nur, dass ich die falsche Kleidung dafür anhabe.«

»In welcher Zeit befinden wir uns denn? Im Jahr 1880, dem Gründungsjahr des Hotels, hättest du ziemlich unbequem in fest zugeschnürten Korsetts herumlaufen müssen. Etwas später hätte ein Freigeist wie du es wahrscheinlich schon gewagt, eines der neumodischen Reformkleider zu tragen. Ich habe Originale im Victoria and Albert Museum gesehen. Zauberhaft. Oder doch schon einige Jahre später … Vielleicht du als junger Flapper? Mit Zigarettenspitze und immer gut für einen Skandal?«

»Ich wusste gar nicht, dass du dich so für Mode interessierst?«

»Oh, nicht für die der letzten fünfzig Jahre. Aber ich habe als Kind bei meiner Großmutter, die ja Schneiderin war, auf dem Dachboden in großen Haufen von alten Zeitungen und Illustrierten geschwelgt. Sie waren mein kleiner Schatz. Und sie deckten eine Zeitspanne von der Jahrhundertwende bis in die sechziger Jahre ab.«

Eric sah Mags mit gespielter Verzweiflung an.

»Und immer, wenn wir einen historischen Film sehen oder eine der historischen Serien, die gerade so erfolgreich sind, darf ich mir dann genau anhören, wo Claras Meinung nach die Kostümbildner einen Fehler gemacht haben.«

Der sonst eher zurückhaltende Eric lächelte sie verschmitzt an. Mags hatte ihn noch nie so entspannt erlebt.

»Ihr hattet gerade ein Gespräch mit Mr Bloomfield? Wie findest du ihn?«

Sie sah ihn neugierig an. Menschen zu beobachten und einzuschätzen war immerhin viele, viele Jahre Teil seines Berufs gewesen, und sie war gespannt, was er zu sagen hatte.

»Nigel Bloomfield? Ich denke, er weiß, wie nervig er sein kann, aber er ist es gewohnt, dass die Menschen ihm trotzdem zuhören. Nicht nur, weil er in seiner Art ziemlich charmant und entwaffnend ist. Ich könnte wetten, dass er in seinem Berufsleben ganz anders agiert hat. Er weicht ja Fragen dazu aus …«

»… wie jemand anderes, den ich kenne …«

»… aber ich glaube, er muss etwas mit dem Militär

zu tun gehabt haben. Die Art, wie er sich bewegt. Er bemüht sich sehr, es zu verstecken, aber …«

Mags sah ihn mit großen Augen an.

»Mr Bloomfield? Mit seinen Heilpflanzen und den karierten Hemden? Mit der bunten Fliege um den Hals?«

»Ja.«

»Aber …«

Mags sah Eric unsicher an. Machte er sich einen Spaß daraus, sie auf den Arm zu nehmen? Aber er nippte gelassen an seinem Glas.

»Und du hast dich mit der jungen Amerikanerin unterhalten?«

»Ja, und mit Carmen Fernandez. Sunny ist umwerfend. Sie studiert in London Informatik, und ihr Spezialgebiet ist künstliche Intelligenz. Leider habe ich ihr erst einmal gezeigt, was für blöde Vorurteile ich habe, weil ich darüber erstaunt war. Ich könnte mir gerade selbst in den Hintern treten.«

Miss Clara lächelte.

»Es ist erstaunlich, wie lange sich die Idee der dummen schönen Frau in den Köpfen hält. Sunny ist eine schlaue junge Frau. Aber ich habe mich mit der Mutter, Patricia, unterhalten, daher wundert mich das nicht wirklich.«

Mags sah Miss Clara erstaunt an.

»Mit Sunnys Mutter? Bei Sunny klang das nicht gerade so, als wäre ihre Mutter sehr begeistert über ihre Studienwahl.«

»Oh, ich glaube, Kinder sehen ihre Eltern immer anders, als es Außenstehende tun. Aber ich versichere dir, Patricia ist mehr als nur Lächeln und Begeisterung. Sie spricht vier Sprachen fließend, etliche andere in Grundzügen und leitet in Las Vegas zusammen mit Sunnys Vater mehrere Hotels. Sie ist verdammt clever. Wahrscheinlich stört sie weniger Sunnys Studienfach als die Entfernung von London nach Las Vegas.«

Mags dachte an ihr eigenes kurzes Gespräch mit Patricia Doobs und schüttelte den Kopf.

»O Mann. Ist denn keiner aus der Truppe das, was er zu sein scheint?«

Eric lachte.

»Doch, ich denke zum Beispiel, dass die Hamiltons genau so sind, wie sie auf den ersten Blick erscheinen. Ein nettes Lehrerehepaar aus Sussex, das sich für seine Schule und die Schüler einsetzt und in seinen Ferien Gärten und die Gesellschaft von Menschen genießt, die nicht Schüler, Eltern oder Lehrerkollegen sind.«

»Das erleichtert mich. Carmen Fernandez hat von sich selbst gesagt, sie sei das perfekte spanische Klischee. Spanische Küche, Flamenco und eine Menge Temperament. Kein Wunder, dass ihr Verlobter ihr zu ihren – tanzenden – Füßen liegt.«

Mags und Miss Clara lachten, nur Eric war still.

»Was?«

»Nichts. Nur wirkte Edwin Mawson heute sehr angespannt auf mich. Nicht gerade wie jemand, der sich auf eine Reise mit seiner Verlobten freut.«

»Ja? Ich habe ihn beim Essen angesprochen, da sagte er, er sei ziemlich überarbeitet und müsste erst einmal in Ruhe ankommen.«

Eric nickte.

»Das kann es gewesen sein.«

Er klang nicht überzeugt, wechselte aber das Thema.

»Und Miss Taylor? Ihr habt euch ja ganz konzentriert unterhalten.«

»Oh, sie ist ...«

Mags suchte nach dem richtigen Wort.

»Eigen? Vielleicht passt das am besten. Sie ist nicht gut darin, Small Talk zu machen oder sich überhaupt zu unterhalten, denke ich. Sie sagt, was sie denkt.«

»Gefährliche Eigenschaft.«

»Eric!«

Miss Clara stieß ihm ihren Ellbogen in die Seite.

»Du machst es schon wieder.«

»Was?«

»Skeptisch sein, Dinge hinterfragen. Zweifeln. Lass das sein.«

Eric hob die Schultern und Mags sprang ihm bei.

»Ist das nicht eine Art Berufskrankheit bei Polizisten, so wie bei uns Gärtnern die Arthritis?«

»Ja, wahrscheinlich.«

Er beugte sich verschwörerisch zu Mags vor.

»Aber mit Clara darüber zu diskutieren, lohnt sich nicht. Sie mag es einfach nicht, wenn ich weiterhin ›den Polizisten gebe‹.«

Clara verdrehte die Augen.

»Nimm die Leute doch einfach so, wie sie sind. Ohne Hintergedanken oder Fragen. Und du, Mags, solltest das auch tun. Hör auf, hinter jedem Menschen gleich ein Geheimnis zu vermuten.«

Eric hob sein Glas.

»Auf Clara, und auf eine Welt, in der die Dinge das sind, was sie zu sein scheinen.«

Mags sah, wie Clara Eric einen bösen Blick zuwarf, dann aber selbst lachen musste und ihr Glas erhob.

»Und auf Eric, den pensionierten Was-auch-immer, der endlich einmal lernen muss, die Dinge so zu nehmen, wie sie sind.«

Mags hob ihr Glas und trank den letzten Schluck aus.

»Ich gehe jetzt ins Bett, der Tag war lang.«

Sie umarmte Miss Clara und legte Eric kurz die Hand auf die Schulter. Mit einem letzten Lächeln verabschiedete sie sich und ging in Richtung Eingangshalle.

Die Geräusche aus der Bar wurden leiser, und schließlich schluckte das alte Gebäude sie ganz. In der Eingangshalle war die Beleuchtung schon gedimmt, hinter der Rezeption stand eine junge Frau, die Mags anlächelte und sich dann wieder ihrem Computer zuwandte. Die Nacht war über dem Hotel hereingebrochen, und die quirlige Energie des Tages hatte einem weichen Dämmerzustand Platz gemacht.

Mags freute sich auf ihr Bett und ging langsam in Richtung Treppe. Der alte Fahrstuhl des Hauses hatte sie am Tag in den zweiten Stock gebracht, unter charmantem Ächzen und Klappern, aber nun, in der Stille des Abends, wollte sie lieber die breite Treppe nehmen.

Sie lächelte, als sie die Stufen hinaufstieg, auf denen ein dunkelroter Teppich mit einem goldenen Muster lag. Obwohl der Teppich sicherlich in die Kategorie der Dinge fiel, die im Hotel, wenn auch nach altem Vorbild, neu gemacht worden waren, erinnerte er sie doch an die vielen Menschen, die ihn schon beschritten hatten. Sie fragte sich kurz, ob der Fahrstuhl bereits zu Bauzeiten geplant gewesen oder nachträglich eingebaut worden war. Zu seiner Zeit musste es ein hochmodernes Modell gewesen sein. Auf jeden Fall wäre es um einiges wirkungsvoller, in einem schönen Abendkleid die Treppe hinunterzusteigen, als damit aus dem engen Fahrstuhl zu treten. Sie meinte, das Rascheln von Seide und Brokat zu hören – das alte Hotel schien ihre Phantasie anzuregen.

Während sie eine Stufe nach der anderen nahm, ließ sie den Abend noch einmal Revue passieren. Es war eine interessante Gruppe, die da zusammengekommen war – und sie war froh, dass bisher alle Teilnehmer offen und freundlich miteinander umgegangen waren.

Und wenn Rose Callwey alle ihre Unterkünfte so sorgsam ausgesucht hatte wie diese hier, würde es eine wunderschöne Reise werden.

Im zweiten Stock angekommen, kramte sie nach ihrer Schlüsselkarte. Obwohl das Lesegerät sehr unauffällig angebracht war, mochte sie diese Karten nicht, sie zerstörten die Illusion. Ein altmodischer Schlüssel wäre sicherlich schöner gewesen, aber sie verstand, dass es aus Sicherheitsgründen heutzutage sinnvoll war, auf elektronische Schlösser zurückzugreifen.

Doch bevor sie die Karte in den dafür vorgesehen Schlitz stecken konnte, gab es einen lauten Knall, und auf dem Flur gingen sämtliche Lichter aus. Sie drehte sich erschrocken um und versuchte, auf dem dunklen Flur etwas zu erkennen. Nach wenigen Sekunden hatten sich ihre Augen an die Dunkelheit gewöhnt, und sie tastete sich langsam in Richtung Treppe vor.

Ein Stromausfall? Sie konnte die hektischen Stimmen hören, die aus der Halle zu ihr heraufdrangen. Noch bevor sie den Flur verlassen hatte, hörte sie vor sich einen Schrei und ein Poltern. Dann war es still. Zu still.

12

Die Notbeleuchtung war mit einem leisen Flackern angegangen und warf ihr kaltes Licht auf den Flur. Mags rannte los. Der Schrei war aus Richtung der Treppe gekommen – hoffentlich war nichts passiert.

Doch als sie am Treppenabsatz angekommen war und über die Brüstung in die vom Notlicht schwach beleuchtete Halle sah, wusste sie, dass ihre Hoffnung umsonst war.

Das Poltern hatte ihr einen Schauer über den Rücken gejagt – und das mit gutem Grund.

Am Fuß der Treppe lag ein Körper, über den sich mehrere Menschen beugten. Einige hatten geistesgegenwärtig die Taschenlampen ihrer Mobiltelefone angeschaltet, deren greller Lichtschein das Halbdunkel durchbrachen.

Mags sah, wie die Leute zur Seite gingen, als sich von der Seite der Halle ein großer Schatten auf sie zu bewegte. Monsieur Bertram, neben sich Eric.

Eine junge Frau eilte ebenfalls herbei.

»Ich bin Ärztin. Fassen Sie sie nicht an.«

Sie kniete sich neben dem Körper hin und tastete nach einem Puls. Die ersten Sirenen erklangen von Weitem, ein Rettungswagen war auf dem Weg.

Hinter Mags tauchte das Ehepaar Hamilton auf, er trug einen Bademantel über einem gestreiften Pyjama, sie war wohl in aller Eile erneut in ihr Kleid geschlüpft, die Knopfleiste am Rücken noch halb geöffnet. Dahinter bogen Edwin und Carmen um die Ecke, beide hatten sich ebenfalls den Hotelbademantel übergeworfen. Edwins Gesicht war gerötet, und Carmen hielt sich ängstlich an seinem Arm fest.

»Was ist passiert?«

»Jemand ist gestürzt.«

»Was? Wer?«

Mags sah aus den Augenwinkeln, dass die Ärztin sich auf die Fersen setzte und den Kopf schüttelte.

»Sollten sie sie nicht umdrehen? Wiederbeleben? Irgendetwas tun?«

Carmen hatte ihre Fragen flüsternd und mit zittriger Stimme gestellt.

Die Hamiltons schüttelten gleichzeitig den Kopf.

»Nein. Nicht bewegen. Wer weiß, ob die Wirbelsäule verletzt ist«, erklärte Mrs Hamilton.

Mags schwieg lieber und trat einen Schritt von der Brüstung zurück. Der Gesichtsausdruck der Ärztin war von hier oben nicht gut zu erkennen, aber da sie keine Anstalten machte, die Frau weiter zu behandeln, befürchtete Mags das Schlimmste.

Mr Hamilton war an das Geländer getreten und sah nach unten.

»O Gott, die Haare! Das ist doch nicht etwa Miss Taylor?«

Mags machte einen schnellen Schritt nach vorn und versuchte, einen besseren Blick auf den Körper zwei Stockwerke unter ihr zu erhaschen. Die Haare konnten passen, aber was hatte die Frau an? War das vielleicht …?

»Nein, ich bin hier.«

Alle fuhren vor Schreck zusammen, als hinter ihnen eine leise Stimme erklang. Anne Taylor stand, gekleidet in einen dunklen Mantel und mit festen Schuhen an den Füßen, hinter ihnen.

»Ich war noch einmal spazieren, und bin gerade durch den Hintereingang reingekommen, als der Strom ausfiel.«

Unten vor dem Hotel waren mittlerweile die Rettungskräfte eingetroffen, und das Flackern des Blaulichtes warf schnelle Schatten durch die Halle. Zwei Sanitäter, gefolgt von einer Notärztin, liefen mit großen Schritten durch das Foyer und knieten sich bei der Frau nieder. Monsieur Bertram, der blass und stumm neben der Szene gestanden hatte, richtete sich nun auf und sah in die Runde.

»Verehrte Gäste, ich bitte Sie nun alle, in Ihre Zimmer zu gehen. Die Rettungshelfer werden sich um alles kümmern. Der Fehler in der Stromversorgung wird sicherlich schnell behoben sein. Bitte – gehen Sie jetzt.«

Seine Stimme hatte jeden französischen Akzent verloren und klang klar und bestimmt durch die Halle. Mags trat von der Brüstung zurück, sah ihre Mitreisenden an und wandte sich dann ab, um in ihr Zimmer zu gehen.

Beim Einschlafen vermischten sich die Bilder des Essens, der Bar und der lachenden Gesichter mit denen des so leblos daliegenden Körpers am Fuße der Treppe. Einer von Mags letzten Gedanken war, wie nah wieder einmal Leben und Tod nebeneinanderstanden. Und sie hoffte, dass dies kein schlimmes Omen für den Rest der Reise war.

ROSEHAVEN

Die schwere Tür der Kirche in Rosehaven ächzte in ihren Angeln, als sie von vorsichtiger Hand aufgedrückt wurde. Der kleine Kirchenraum wurde vom schwindenden Licht des Tages nur schwach erleuchtet. In der Luft lag der süße Geruch der Lilien, die in einem großen Gesteck den Altar schmückten. Links und rechts der schmalen Bankreihen aus dunklem Holz standen alte Grabsteine an die Wände gelehnt, ihre Inschriften von Wetter und Zeit fast völlig zerstört. Einige Steine zeigten noch die schwachen Umrisse eines Schiffes oder eines Ankers – sie waren am Meer, und schon immer hatte das Meer den Bewohnern des Ortes viel gegeben, aber auch viel genommen.

Die Hand strich vorsichtig über die rauen Steine und summte dabei ein altes Kinderlied, das von einem Matrosen handelte, der in die Welt hinausfuhr und seiner Liebsten versprach, mit Truhen voll Silber und Gold, Samt und Seide zurückzukehren.

Das Summen hörte auf. Sicherlich war der Matrose

nicht zurückgekehrt. Menschen versprachen aneinander so viel – und konnten so wenig davon halten.

Über dem Altar berührten die letzten Sonnenstrahlen das große Kirchenfenster. Für einen kurzen Moment sah es so aus, als würden die Figuren, aus Blei und Glas geformt, lebendig werden und sich bewegen:

Das Bild zeigte auf der linken Seite ein Boot, das auf dem Meer in hohen Wellen gefangen war. In dem Boot saßen Menschen, die alle ihre Hände zum Himmel erhoben hatten und sichtlich verängstigt waren. Nur einer von ihnen saß ruhig und mit im Schoß zusammengefalteten Händen im Bug des Schiffes und schien keinerlei Angst zu haben. Was doch ganz schön dumm war, denn die großen Wellen konnten das Boot jederzeit zerschlagen.

Das rechte Fenster zeigte, wie das Boot unter einer grellen Sonne auf dem ruhigen Wasser lag, und alle Männer in dem Boot knieten nun und wirkten sehr erleichtert. Was aber noch dümmer war, weil ein Segelboot auf offener See ohne Wind verloren wäre.

Der Duft der Lilien wurde mit jedem Schritt stärker. Was für schöne Blüten! Die Hand zögerte kurz, und zog dann einige von ihnen vorsichtig aus dem Gesteck. Es waren genug von ihnen da, und Gott würde sicherlich verstehen, dass die Blumen an anderer Stelle mehr gebraucht werden würden als hier in der dunklen Kirche.

13

Mags saß in der vorderen Sitzreihe neben Rose Callwey und beobachtete die Landschaft, die an den Fenstern des Busses vorbeiglitt. Es war ein sehr langsames und gemütliches Gleiten, da Mr Smith auf Wunsch der Gäste die großen Straßen mied und sie gemächlich durch Dörfer und Wiesen zu ihrem nächsten Ziel brachte. Die Hügel Kents waren von hellem Grün überzogen, der Himmel bisher blau und nur von wenigen weißen Wolken unterbrochen. Die Landschaft war anders als die in Cornwall, lieblicher, teilweise weniger karg, und auch, wenn das Meer wie in so vielen Teilen Englands nicht weit weg war, spürte man doch nichts von der salzigen Luft und dem Rauschen der Wellen. Hier lebten keine Fischer oder Bergleute, hier zeugten jede Mauer und jeder Torbogen, der zu einem der großen Häuser führte, von wohlhabenden Landwirten und reichem Adel. Mags erwartete jederzeit, hinter einer der Hecken Reiter in roten Jacken zu sehen, unterwegs zur Jagd. Die Landschaft schien aus der Zeit zu fallen und den Rest der Welt mit seinen Sorgen und Problemen weit von sich zu weisen. In Cornwall war man dafür zu sehr dem weiten Meer verbunden, und damit all denen, die von überallher ebenso auf ihm unterwegs waren.

Sie waren am Morgen in sehr gedrückter Stimmung aus East Grinstead weggefahren und hatten die wenigen Meilen bis zu ihrem Ziel schweigsam zurückgelegt. Der Besuch des Gartens war trotzdem ein Erfolg gewesen, auch wenn Mags sich sicher war, dass alle Teilnehmer nun froh waren, wieder bequem in Mr Smiths Bus zu sitzen. Die weitläufige, fast an einen Wald erinnernde Anlage hatte nach der offiziellen Führung noch zu einem großen Spaziergang eingeladen – und sogar Mags, die es durch ihre Arbeit gewohnt war, den lieben langen Tag auf den Beinen zu stehen, taten danach die Füße weh. Aber wie herrlich waren die Ausblicke gewesen, die das Tal ihnen immer und immer wieder geboten hatte, wie schön die Farben, die die Blumen und Büsche trugen. Sogar mit den Rhododendren hatte Mags für den Tag Frieden geschlossen; sie passten einfach so gut in das Tal und unter die hohen Bäume. Die Wallabys waren ausnehmend niedlich gewesen und viel bestaunt worden. Der Tee in dem garteneigenen Restaurant nahm sich reichhaltig und lecker aus.

Trotzdem lag noch ein Schatten über der Gruppe – der Unfall am Abend zuvor hatte sie alle mehr erschreckt, als ihnen zunächst klar gewesen war. Am Morgen vor ihrer Abreise war ein sichtlich erschütterter Monsieur Bertram zu ihnen gekommen und hatte ihnen erzählt, dass die Frau wohl vom Stromausfall auf der Treppe überrascht worden und dann gestolpert sei.

Neben Mags war Rose ungewöhnlich still und schaute starr nach vorn. Die lebensfrohe Frau, die am ersten Tag so energisch und zupackend auf Mags gewirkt hatte, war blass und angespannt. Sie hatte sich am Eingang des Parks von der Gruppe entfernt und die Teilnehmer dem dortigen Gärtner und Mags überlassen. Erst kurz vor der Abfahrt war sie wieder am Bus aufgetaucht.

»Es gibt Tage, an denen ich mir nicht sicher bin, ob ich es schaffen werde ohne Beth.«

Mags griff nach ihrer Hand und hielt sie fest. Es gab Momente, in denen man einfach nicht mehr tun konnte. So viel hatte sie gelernt.

Wenige Minuten später wurde sie von lauten Stimmen im hinteren Teil des Busses aus ihren Gedanken gerissen.

»Das meinen Sie doch nicht ernst!«

»Mrs Doobs, bei allem Respekt, das halte ich für …«

Die laute Stimme von Patricia Doobs, gefolgt von dem tiefen und vollen Alt Laurie Hamiltons.

Mags sah Rose an, die nur müde mit den Schultern zuckte, und stand auf.

»Na, was gibt es denn hier für eine Aufregung?«

Sie wurde von mehreren Augenpaaren wütend angesehen und fühlte sich innerhalb von Sekunden wie eine Lehrerin, die ihre ungezogenen Schüler bei einem Ausflug zurechtweisen muss.

Im hinteren Teil des Busses saßen sich die beiden Frauen gegenüber und funkelten einander an. Sunny, die neben Nigel Bloomfield saß, verdrehte die Augen.

»Meine Mutter und Mrs Hamilton streiten sich.«

Patricia Doobs drehte sich zu ihrer Tochter um und bedachte diese mit einem kalten Blick.

»Wir streiten nicht, wir haben einen kleinen Disput. Nicht der Rede wert.«

Mags bemerkte das gerötete Gesicht von Laurie Hamilton und die neugierigen Blicke der anderen Reisenden. Bevor sie nach dem Grund des Streites fragen konnte, setzte Laurie Hamilton ihn in aufgebrachtem Tonfall fort.

»Ich finde, es ist kein kleiner Disput, wenn einem vorgeworfen wird, für das Leiden von Kindern verantwortlich zu sein.«

Mags sah erstaunt zwischen den beiden Frauen hin und her.

»Wie bitte?«

Die Amerikanerin schüttelte den Kopf.

»Mrs Hamilton hat das falsch verstanden. Ich habe nur gesagt, dass ich nicht verstehen kann, wie Eltern ihre Kinder schon so jung in ein Internat geben und dort allein lassen können. Ein Kind braucht seine Eltern und ...«

Sie wurde von Laurie Hamilton unterbrochen.

»Die Kinder bei uns auf der Schule sind nicht allein. Sie leben mit den Erziehern zusammen und können sich während des Schuljahres voll und ganz auf diese verlassen. Ich wehre mich gegen Ihre Unterstellung, ich würde ...«

So langsam ging Mags ein Licht auf. Sie wusste durch Roses Unterlagen, dass Laurie Hamilton eine Privatschule leitete, an der auch ihr Mann unterrichtete. Anscheinend war diese Schule ein Internat – und offensichtlich hatte Patricia Doobs damit ein Problem.

»... ein Kind von zehn oder elf Jahren sich selbst zu überlassen, den anderen Kindern ausgeliefert. Sie müssen doch am besten wissen, welche Gruppendynamiken sich in diesem Alter entwickeln können. Wie viele Kinder sind an Ihrer Schule wohl schon auf übelste Art und Weise gemobbt worden? Ich ...«

»Mutter!«

Sunnys Stimme unterbrach die düsteren Spekulationen ihrer Mutter, und für einen Moment herrschte betretenes Schweigen.

»Ich denke, Sie haben keine Ahnung davon, wie es auf einem Internat zugeht.«

Laurie Hamilton hatte ihre Stimme gesenkt und sprach in kaltem Ton.

»Unsere Schule ist ein Ort des Lernens, des Miteinanders und der Freude. Wir bieten Schülern aus ganz England die Möglichkeit, sich auszuprobieren und ihren Fähigkeiten und Interessen nachzugehen. Viele unserer Absolventen bleiben uns ihr Leben lang verbunden und schicken ihre eigenen Kinder ebenfalls auf unsere Schule. Nichts, was Sie beschreiben, hat etwas mit der Realität meiner Arbeit zu tun. Ich selbst war Schülerin an meinem Internat und bin nun sogar die Leiterin. Und als diese verbitte ich mir jeden weiteren Kommentar.«

Damit stand die sonst so ruhige und herzliche Frau auf und setzte sich in eine der vorderen Sitzreihen. Ihr Mann, der den Streit schweigend verfolgt hatte, lächelte entschuldigend in die Runde und folgte ihr.

Mags sah, dass Tränen in Patricia Doobs' Augen

standen. Nach einem Moment wurde die Stille von Anne Taylors sanfter Stimme unterbrochen.

»Die Wahrheit liegt, wie so oft, irgendwo in der Mitte, nicht wahr? Für Menschen wie Mrs Hamilton war und ist ein Internat sicherlich ein hervorragender Ort, sich zu behaupten und den eigenen Platz im Leben zu finden.«

Die kleine Frau sah durch ihre schmale Brille neugierig, aber nicht ohne Mitgefühl zu Sunnys Mutter.

»Und für andere Menschen, solche, die mehr sehen und fühlen, als es ihnen vielleicht guttut, kann so eine Schule die Hölle sein.«

Damit nickte sie Patricia Doobs zu, die sie mit großen Augen anstarrte, und griff nach ihrem Strickzeug, das sie während des Streits aus der Hand gelegt hatte.

Sunny setze sich zu ihrer Mutter, die in ihrer Tasche nach einem Spiegel und ihrem Schminktäschchen wühlte, und Nigel Bloomfield wandte sich mit einer Frage über spanische Gärten an Carmen und Edwin, die die Auseinandersetzung schweigend verfolgt hatten.

Mags kehrte zu Rose zurück und dachte über das nach, was sie gerade gehört hatte. Und fragte sich, wie Patricia Doobs' Kindheit wohl ausgesehen hatte.

14

Das Blackmill war das genaue Gegenteil von Monsieur Bertrams Hotel – Mr Smiths Bus sah vor dem modernen, außen mit schwarzem Holz verkleideten dreigeschossigen Bau aus wie ein übergroßes Knallbonbon.

Rose hatte sich wieder gefangen und wandte sich mit einem Lächeln an ihre Gäste:

»Heute Abend werden wir in einem sehr neuen und ungewöhnlichen Hotel zu Gast sein. Vielleicht wundern Sie sich bei dem Anblick vor Ihren Fenstern ein wenig, was Ihre Reiseleiterin sich dabei gedacht haben mag, Sie in einem schwarzen Schuhkarton übernachten zu lassen. Aber keine Sorge – oft verrät die äußere Hülle ja wenig über das, was im Inneren versteckt ist.

Das Blackmill Hotel wurde vor drei Jahren von den Architekten Jones und Jones gebaut. Die beiden achteten in ihren Entwürfen darauf, nur Materialien zu verwenden, die aus der direkten Umgebung des Hauses stammten. So wurden im Inneren viele Baumaterialien verwendet, die aus dem ehemaligen Sägewerk stammen, das für den Bau des Hotels abgerissen wurde – daher auch der eigenwillige Name. Die Bretter der Holzverkleidung sind alle in einem besonderen japanischen Verfahren bearbeitet worden, das Schwarz, was Sie sehen, ist keine Farbe, sondern verbranntes Holz.«

Mags hatte schon einmal einen Bericht über diese Art der Holzbehandlung gesehen, bei der die äußere Schicht der Bretter verbannt wurde und so einen Schutz gegen Witterung und viele andere Dinge entstand.

»Die Zimmer sind alle nach hinten hin zu den Gärten gelegen, und Sie werden beim Betreten sicherlich sofort verstehen, warum das so ist. Wie gehabt wird uns im Restaurant des Hotels ein Abendessen serviert werden – anders als gestern erwartet uns aber hier keine traditionelle englische Küche. Die Köche versuchen ebenfalls, vor allem mit Zutaten zu arbeiten, die ihnen das Land und die Umgebung zur Verfügung stellen. Ich gebe zu, dass mich das Konzept bei meinem ersten Besuch sehr skeptisch gemacht hat, aber ich wurde so positiv überrascht, dass ich das Hotel mitsamt Essen im Restaurant sofort für meine Reisen gebucht habe. Kommen Sie – ich bin gespannt, wie Ihnen das Innere gefallen wird.«

Als Mags hinter Rose den Eingangsbereich des Hotels betrat, wäre sie fast in die anderen Teilnehmer hineingelaufen, die mit offenen Mündern vor ihr zum Stehen gekommen waren. Mit einem kleinen Schritt zur Seite wich Mags ihnen aus und blieb dann ebenfalls sprachlos stehen. Hinter der schwarzen Verkleidung der Straßenansicht verbarg sich tatsächlich etwas Außergewöhnliches. Der Raum erstreckte sich bis unter die Decke, und die Rückseite des Hauses war völlig aus Glas. Vor dem Glas breitete sich ein Hanggarten aus, der terrassenförmig angelegt war und den neben großen Steinen und einigen Büschen vor allem Beete mit Blumen und Kräutern schmückten.

»Der Garten dient vor allem als Küchengarten – die Besitzerin hat mir erzählt, dass ihr Küchenchef eng mit dem Gärtner zusammenarbeitet. Viele der Pflanzen sind essbar und werden auch heute Abend auf unseren Tellern landen.«

Rose hatte sich neben Mags gestellt, die immer noch sprachlos die Empfangshalle auf sich wirken ließ.

»Die Zimmer liegen rechts und links von uns im ersten und zweiten Stock und haben alle einen phantastischen Balkon mit Glasverkleidung. Der Balkon erinnert mich von der Form her ein wenig an eine Wabe in einem Bienenstock. Das letzte Mal war ich im Herbst hier – und als Beth und ich auf unserem Balkon gesessen haben, waren die Düfte aus dem Garten zu unseren Füßen fast magisch. Es gibt übrigens auch echte Bienenstöcke und Bienen, die zum Hotel gehören.«

Der Empfangstresen selbst war aus irgendeiner alten Maschine gemacht, auf der jemand eine dicke polierte Holzplatte befestigt hatte. Überall im Raum waren die Möbel und Gegenstände auf ähnliche Art und Weise gefertigt, Metall, das auf Holz traf und mit ihm eine sehr organische Verbindung einging. Mags war begeistert und konnte es nicht erwarten, ihr Zimmer zu sehen und durch den Kräutergarten zu spazieren.

Vor ihr an der Rezeption war Anne Taylor dabei, sich in das Gästeregister einzutragen. Die anderen Teilnehmer waren schon auf dem Weg zu ihren Zimmern, und Mags konnte an den begeisterten Kommentaren hören, dass auch ihnen das Haus zu gefallen schien. Nur Anne Taylor schaute sich etwas skeptisch um und sah dann die Rezeptionistin fragend an.

»Ich habe gesehen, dass mein Zimmer im zweiten Stock liegt?«

»Ja, es hat einen phantastischen Ausblick.«

»Das habe ich befürchtet. Ich habe Höhenangst, und diese Zimmer mit den Balkonen …«

Sie schüttelte den Kopf.

»Könnten Sie mir vielleicht ein anderes Zimmer geben? Haben Sie vielleicht einen Raum im Erdgeschoss oder ohne Balkon oder …«

Die Rezeptionistin schien kurz irritiert, nickte dann aber.

»Natürlich.«

Sie sah auf ihren Bildschirm.

»Ich kann Ihnen eines unserer barrierefreien Zimmer im Erdgeschoss anbieten. Da haben Sie statt des Balkons eine eigene kleine Terrasse. Wäre das eine Möglichkeit für Sie?«

»O ja. Das wäre phantastisch.«

»Gut, ich veranlasse, dass alles vorbereitet wird. Wenn Sie bitte einen kleinen Moment warten würden …«

Anne Taylor drehte sich zu Mags um.

»Das viele Glas überall – ich befürchte, ich bevorzuge altmodischerweise doch feste Wände und auch mehr festen Boden unter den Füßen. Finden Sie das albern?«

Mags lachte.

»Nein, ganz und gar nicht. Mir machen zwar Höhen nichts aus, aber dafür könnte ich zum Beispiel niemals auf einem Schiff übernachten.«

»Keine Kreuzfahrt für Sie also?«

»Nein. Ich würde wahrscheinlich kein Auge zubekommen oder in meiner Rettungsweste schlafen gehen.«

Sie sagte das nicht nur, um Miss Taylor zu beruhigen. Offenes Wasser war nicht ihr Element, und die wenigen Male, die sie auf einem Schiff gewesen war, hatte sie nicht genossen. Die Vorstellung, ganze Tage lang nur von Meer umgeben zu sein, jagte ihr einen Schauer über den Rücken.

»Ihr Zimmer ist fertig, Miss Taylor. Ich zeige Ihnen den Weg.«

Mags sah den beiden nach, griff dann nach ihrem Koffer und machte sich gespannt auf den Weg zu ihrem Zimmer.

15

Mags konnte nicht schlafen. Der Tag hatte zu viele Eindrücke mit sich gebracht, die sie lange nicht zur Ruhe kommen ließen.

Das Abendessen war hervorragend gewesen – die anderen Gäste hatten sich noch lange über jeden einzelnen der Gänge unterhalten und die außergewöhnliche Küche sichtlich genossen. Patricia Doobs und Laurie Hamilton hatten sich stillschweigend auf die am weitesten voneinander entfernten Plätze gesetzt und waren so nicht in die Verlegenheit gekommen, miteinander sprechen zu müssen. Rose hatte Mags vor dem Essen erzählt, dass es bei fast jeder Reise eine oder mehrere solcher Situationen gab.

»Nicht alle Menschen sind dafür gemacht, ohne gemeinsame Geschichte plötzlich so eng beisammen zu sein. Und in einer Gruppe entwickeln sich oft Dynamiken, die zu offenem Streit führen. Ich könnte dir Geschichten erzählen, die würdest du mir nicht glauben. Aber die beiden bekommen sich schon wieder in den Griff – und zum Glück haben sich die anderen Gäste ja rausgehalten aus der Diskussion.«

Mags dachte an die einfühlsamen Worte von Anne Taylor, die wahrscheinlich der Grund dafür waren, dass sich keine Lager gebildet hatten. *Die Wahrheit liegt sicherlich irgendwo in der Mitte* – was für ein schlichter Satz, um eine so heftige Diskussion zu erklären.

Mags' Gedanken kehrten zu dem viel gelobten Essen zurück. Auch ihr hatte es geschmeckt, keine Frage, aber etwas hatte gefehlt, etwas, das sich schwer in Worte fassen ließ.

Während sie beim Essen die akkurat geschnittenen Gemüsestücke betrachtete, die in perfekter Konsistenz und Würze zu kleinen Kunstwerken geschichtet worden waren, hatte sie immer wieder an ihre Kinderfrau denken müssen.

Über einer bunten Plastikschüssel sitzend, hatte diese die Bohnen aus dem Garten geputzt, die faserigen Stränge an der Seite abgezogen und mit einem kleinen Messer, einem Kniep, wie sie es nannte, in Stücke geschnitten. Dabei hatte sie gesungen oder erzählt oder hatte Mags' Berichten aus der Schule und über ihre Freunde mit geneigtem Kopf gelauscht.

Keine großen, silbernen Messer, keine edlen Bretter und vor allem keine akkurat geschnittenen Stücke. Aber eine Menge – Leben?

Vielleicht war das das richtige Wort dafür. Im Essen des Restaurants fehlte ihr vielleicht das Leben. Die Ungenauigkeiten, die Hochs und Tiefs, der Zufall, der vieles ausmachte.

Aber das schien nicht allen so zu gehen. Das Restaurant war gut besucht, und die Autos auf dem Parkplatz mit den Londoner Kennzeichen machten deutlich, dass viele Leute viele Meilen fuhren, um sich hier verwöhnen zu lassen.

Anders als im Restaurant fühlte sich Mags in der Architektur des Hotels und in ihrem Zimmer wohl. Wahrscheinlich war es Roses Vergleich mit einem Bienenstock zuzuschreiben, aber sie meinte, ein leises Brummen zu hören und die Geborgenheit und Wärme um sich herum zu spüren.

Sie griff nach dem Bettüberwurf, legte ihn sich über die Schultern und schob die Tür zum Balkon auf.

Mit einem Blick auf die Glasverkleidung und die abfallenden Terrassen des Gartens zu ihren Füßen konnte Mags verstehen, warum Anne Taylor lieber ein Zimmer im Erdgeschoss hatte haben wollen. Sogar ihr, die sie keinerlei Angst vor großen Höhen hatte, wurde kurz schwindelig bei dem Gedanken daran, dass der Balkon mit seinem Gewicht nur von den beiden schlanken Stahlträgern unter ihr gehalten wurde.

Es war kurz vor Mitternacht, und die Nachtluft war frisch und deutlich kühler, als sie erwartete hatte. Zitternd zog sie die Decke fester um ihre Schultern. Der Mond war als völlig runde Scheibe am Himmel zu sehen und erleuchtete die Welt vor ihrem Balkon mit seinem Licht. Der Kontrast zwischen den so silbrig erhellten Wegen und dem Dunkel der Bäume faszinierte Mags, und sie suchte mit den Augen den Waldrand ab, in der Hoffnung, vielleicht einen Fuchs oder ein anderes Tier zu sehen.

Aber alles blieb still, nur leise drangen gedämpfte Geräusche aus dem Restaurant und von dem ein oder anderen Balkon zu ihr herauf.

Nach einem letzten Blick ging Mags in ihr Zimmer zurück – morgen wartete ein neuer Tag mit einem neuen Garten auf sie. Sie legte sich wieder in ihr Bett und sah durch die breite Balkontür in den klaren Sternenhimmel. Morgen schon würde sie in Sissinghurst sein. Sie hatte den Garten schon zweimal besucht, einmal als Kind mit ihrem Vater und dann später einmal alleine, zu einer Zeit, in der sie die Trauer und Wut über den Tod ihres Mannes und die Sorgen um ihre Zukunft fest im Griff gehabt hatten. Sie freute sich sehr, morgen den Garten zu betreten und ihm zu zeigen, was aus dem kleinen Mädchen und der wütenden jungen Frau geworden war.

Mit diesem Gedanken schlief sie ein.

Die Kuckucksdame hatte schon im ersten Morgengrauen ihren sicheren Schlafplatz verlassen und war auf den weit herausragenden Ast einer alten Fichte geflogen. Sie hatte Hunger und suchte mit ihren Augen die umliegenden Büsche und Gräser nach Raupen und anderen Insekten ab. Auch auf die Bienenstöcke warf sie einen kurzen Blick, aber die Bienen waren noch nicht erwacht, es drang nur ein leises Brummen hervor, an dem zu erkennen war, dass in wenigen Stunden die ersten fleißigen Arbeiterinnen den Bau verlassen würden. Ohnehin schmeckten Bienen nicht gut – ihr Gift war bitter und kalt. Dennoch hätte sie die Brummer nicht verschmäht, denn sie gaben Kraft, die sie brauchen würde, wenn sie ihre lange Reise zurück nach Afrika antreten wollte.

Eigentlich müssten die duftenden Kräuter und die grünen Blätter der Salate im Garten eine Vielzahl von Raupen tragen, aber sie wusste, dass jeden Abend und jeden Morgen einige der Menschen über die steilen Wege gingen und all das, was einmal ein Schmetterling werden würde, von den Pflanzen absammelten. Hätte es geregnet, würde sie sich auf den Weg zu dem kleinen Bachlauf am Fuße des Gartens machen, um kleine Frösche oder vielleicht sogar eine Kröte zu erbeuten. Aber das Wetter war in den letzten Tagen zu trocken gewesen, als dass die kleinen Hüpfer sich aus ihren Verstecken hervorgewagt hätten.

Auch aus dem großen schwarzen Bau der Menschen waren noch keine Geräusche zu hören. Sie wusste, dass die ersten Zweibeiner frühestens in zwei Stunden aufwachen würden. Unschlüssig, ob sie auf ihrem Ast sitzen bleiben oder ihr Glück an einem anderen Ort versuchen sollte, sah sie sich um.

Eine Bewegung an den Nestern, die die Menschen an ihr Haus gebaut hatten, erregte ihre Aufmerksamkeit. Jemand kletterte langsam von einem der Nester zum nächsten, sie konnte sehen, wie die Gestalt sich an den durchsichtigen Wänden entlangbewegte und dann innehielt.

Sie hatte bisher noch nie gesehen, dass einer der Menschen auf diesem Weg den Bau betreten hatte und fragte sich kurz, ob es vielleicht ein Räuber war, auf der Suche nach Nahrung.

Sollte sie ihrer Neugierde nachgeben und näher fliegen? Doch eine Bewegung unterhalb ihres Sitzplatzes zog ihren Blick auf sich. Eine dicke Spinne, die unter einem der warmen Steine hervorkroch. Sie breitete die Flügel aus. Spinnen schmeckten süß.

16

Mags zog sich das Kissen über die Ohren. Vergeblich. Mit einem Fluch auf den Lippen richtete sie sich auf und lauschte. Das Piepen, das sie geweckt hatte, stammte nicht von ihrem Wecker, und es hörte nicht auf. Sie fluchte erneut und kroch aus ihrem Bett. Es musste aus einem der Nebenzimmer kommen. Vielleicht hatte jemand vergessen seinen Wecker auszustellen? Oder vielleicht schlief jemand über das Piepen hinweg weiter? Sie öffnete ihre Zimmertür, trat auf den Flur und verwarf die zweite Möglichkeit sofort. Das Piepen kam anscheinend aus dem Zimmer links neben ihr und war immens laut. Nach und nach öffneten sich weitere Türen, und sie konnte das verschlafene Gesicht von Mr Hamilton sehen. Auch Sunny und ihre Mutter schauten aus ihrem Zimmer, beide in elegante Seidenschlafanzüge gekleidet. Mags' eigener Look aus Leggins und einem von Sams großen T-Shirts konnte da nicht mithalten.

»Was ist das? Das ist kein Rauchmelder, oder? Riecht jemand Rauch?«

Mr Hamilton blickte skeptisch auf die geschlossene Tür. Mags zuckte mit den Schultern.

»Ich sehe mal nach.«

Sie klopft an die Tür, und als keinerlei Reaktion kam, drückte sie versuchshalber die Klinke herunter. Die Tür ging auf.

»Stopp!«

Eine Stimme drang über den Flur und ließ Mags innehalten. Mr Bloomfield, die Haare zerzaust und in einen der Hotelbademäntel gehüllt, eilte auf sie zu.

»Nicht reingehen, das ist ein CO_2-Melder, der da piept, glaube ich.«

Er hielt neben Mags an.

»Das könnte gefährlich sein.«

Er drängte Mags zur Seite und drückte auf den Lichtschalter. Sie konnte über seine Schulter hinwegsehen, dass das Bett unbenutzt war und sich anscheinend niemand im Zimmer befand. Mr Bloomfield zögerte.

»Ich sollte im Bad nachsehen, vorsichtshalber. Treten Sie bitte zurück.«

Er hielt sich den Ärmel seines Bademantels über Nase und Mund und trat ins Zimmer, um mit einem schnellen Griff die Tür zu dem kleinen Bad zu öffnen. Dann trat er zurück und schlug die Zimmertür zu.

»Leer.«

Jetzt kam auch einer der Hotelangestellten den Flur entlanggerannt.

»Nicht reingehen! Das ist …«

»Wissen wir. Das Zimmer ist leer.«

Der Angestellte, ein junger Mann von vielleicht zwanzig Jahren, blieb neben Mags stehen und schnappte ein wenig nach Luft.

»Gut. Es ist auch nicht belegt. Keine Ahnung, warum der Alarm ausgelöst wurde. Wir haben ihn wegen der Kamine im Zimmer – aber da ist ja niemand drin.«

»Und kein Feuer im Kamin, das hätten wir gerochen.«

Unschlüssig bleib der Angestellte stehen. Er sah aus, als hätte ihn der Alarm aus dem Schlaf gerissen. So wie sie alle.

»Die Feuerwehr wird gleich hier sein, sie wird automatisch alarmiert, wenn einer der Rauch- oder Gasmelder losgeht.«

»Rufen Sie die Notrufzentrale an, und sagen Sie Bescheid, dass das Zimmer leer ist. Kein Mensch in Gefahr. Dann müssen sie nicht mit Blaulicht vorfahren und endgültig jeden im Hotel aufwecken. Ich passe hier auf.«

Mr Bloomfields Stimme war klar und fest, und Mags verstand langsam, warum Eric am ersten Abend den Verdacht geäußert hatte, der ansonsten so harmlos aussehende Mann könnte einmal etwas ganz anderes gewesen sein.

»Ja, Sir.«

Der Hotelangestellte zog sein Telefon aus der Tasche und ging ein Stück den Gang hinunter. Bloomfield hatte zu seiner alten, jovialen Art zurückgefunden. Lächelnd zog er den Gürtel seines Bademantels enger. Dann sah er zu den anderen Gästen auf dem Flur.

»Am besten gehen Sie alle in Ihre Zimmer zurück und lüften vorsichtshalber einmal gründlich. Aber da ja kein anderer Melder losgegangen ist, wird es wohl irgendetwas hier im Zimmer sein. Die Feuerwehr wird es herausfinden.«

»Aber es riecht gar nicht nach Gas.«

Laurie Hamilton hatte ein fragendes Gesicht aufgesetzt. Ihr Mann jedoch hatte sogleich eine Antwort parat.

»CO_2 ist geruchlos. Leider. Du würdest es gar nicht merken, wenn du diesem Gas ausgesetzt wärst. Es ist genauso schwer wie Luft und mischt sich mit ihr. Aber in deinem Körper richtet es schlimmen Schaden an.«

Mags erinnerte sich, dass Percy Hamilton Chemie und Biologie unterrichtete.

»Aber was ich mich frage, ist, warum der Melder losging, wenn der Kamin nicht an war.«

Er sah in die Runde.

»CO_2 entsteht, wenn fossile Brennstoffe verbrannt werden. Unfälle passieren, wenn Kaminöfen nicht richtig ziehen und die Abluft nicht nach draußen getragen wird. Oder wenn Menschen mit Holzkohle in geschlossenen Räumen grillen.«

Patricia Doobs nickte.

»Oder wenn sie Abgase mit einem Schlauch ins Innere ihres Autos leiten? Ich weiß, dass sich Menschen so umbringen.«

»Ja, aber die Katalysatoren der modernen Autos haben die Menge an CO_2 so verringert, dass es nicht mehr so einfach ist wie früher.«

Mr Bloomfield hob die Hände.

»Also hier scheint es sich schlicht um einen defekten Melder zu handeln. Lassen Sie uns Platz für die Helfer machen und zurück auf unsere Zimmer gehen. Ich warte nur noch kurz, bis die Feuerwehr da ist.«

Mags ging in ihr Zimmer und trat auf den Balkon.

Die Morgendämmerung hatte eingesetzt, und sie konnte sehen, wie die Natur um sie herum erwachte. Kurz darauf hörte sie, wie vor dem Haus ein lauter Wagen vorfuhr, und dann erklangen schwere Schritte auf dem Flur vor ihrer Tür. Gedämpfte Stimmen, ein erneutes, diesmal eher schrilles Pfeifen, dann wurde die Tür zum Balkon des Nebenzimmers geöffnet, und sie trat schnell einen Schritt zurück. Sie konnte hören, wie der Feuerwehrmann im anderen Zimmer mit jemandem sprach.

»… noch geringe Konzentration … wenn jemand im Zimmer gewesen wäre … keine Ahnung, woher … Wir versiegeln den Raum besser … genauere Untersuchung …« Die schweren Schritte entfernten sich mitsamt den Stimmen, kurz darauf erklang ein Motorengeräusch, das nach und nach leiser wurde. Die Stille kehrte zurück, unterbrochen von den ersten Gesängen der Lerchen. Nachdenklich ging Mags in ihr Zimmer zurück und schlüpfte bei geöffneter Tür unter ihre Decke. Es würde nicht schaden, noch eine Mütze Schlaf zu bekommen, bevor Mr Smiths Bus sie endlich nach Sissinghurst bringen würde.

17

Mags lugte vorsichtig um die Ecke der Hecke, bevor sie sich mit schnellen Schritten weiter durch den Garten bewegte. Sie wusste, dass sie davonlief, sich durch den Garten stahl wie jemand, der etwas auf dem Kerbholz hatte, aber es war ihr egal. Sie hatte nichts verbrochen, noch nicht.

Aber wenn sie noch einmal Mr Bloomfields Auslassungen über die verschiedensten Wirkungen, die Pflanzen auf den menschlichen Körper haben konnten, lauschen müsste, würde sie vielleicht wirklich ein Verbrechen begehen. Der redselige Mann mit seinem glucksenden Lachen hatte sie schon in den letzten Tagen zu seiner Lieblingszuhörerin erkoren, und sie war ihm einfach zu oft in die Fänge geraten. Und auch wenn sie selbst die Wirkungen von Pflanzen spannend fand, seine nahezu unendliche Besessenheit von dem Thema würde sie noch in den Wahnsinn treiben. Und da sie nun an dem Ort war, auf den sie sich so sehr gefreut hatte, wollte sie die ersten Schritte durch den Garten machen, ohne dabei über mögliche Heilmittel und Gifte aufgeklärt zu werden.

Also stahl sie sich erneut vorsichtig um eine Ecke und blieb schließlich am Anfang einer langen, mit Buchenhecken eingefassten Allee stehen.

Dank Beths und Roses Beziehungen waren sie und

die anderen ganze zwei Stunden vor der offiziellen Öffnungszeit in den Garten gekommen – mit der Auflage, leise zu sein und die morgendliche Ruhe des Gartens und der gesamten Anlage nicht zu stören.

Und eben das war es, wonach Mags sich sehnte. Ruhe.

Sie holte tief Luft, schloss die Augen und drehte sich in Richtung des Gartens, den sie so schnell durchquert hatte. Der Anblick war atemberaubend schön, und sie merkte, wie seine morgendliche Anmut ihr Herz gefangen nahm.

Leise lächelnd ließ sie die unterschiedlichsten Blickachsen, die sich dem Betrachter boten, auf sich wirken und begann dann, Stück für Stück alles zu erkunden. Sie hatte wirklich schon viele Gärten gesehen und bewundert, große und kleine, hochherrschaftliche und bäuerliche, bis ins kleinste Detail gepflegte oder frei verwilderte. Sie konnte fast jeder dieser Formen etwas abgewinnen, aber hier in Sissinghurst war es ein wenig so, als wäre alles zusammengekommen und zu einem einzigen perfekten Kunstwerk verschmolzen. Der Garten war nicht besonders groß, nicht besonders exotisch, nicht besonders dramatisch und auch nicht besonders alt im Vergleich zu anderen Orten, die sie schon besucht hatte. Aber er hatte – eine Seele. Und Mags fragte sich, wenn sie an die Begeisterung dachte, mit der Vita Sackville-West über ihn geschrieben hatte, wie viel diese wohl von ihrer eigenen Seele an den Garten abgegeben hatte.

Sie schlenderte durch die einzelnen Gartenräume,

und sogar wenn Mr Bloomfield sie doch noch angesprochen hätte, hätte sie es nicht bemerkt und wäre einfach weitergegangen, so versunken war sie in ihre Umgebung.

Erst ihr knurrender Magen holte sie auf sehr menschliche Art und Weise in die Realität zurück.

Sie suchte sich eine Bank in einer versteckten Nische und griff in ihren kleinen Rucksack.

Rose bot auf ihren exklusiven Gartenreisen einen umfassenden und exklusiven Service an. Auf viele dieser Dinge wie die schickeren Abendessen könnte Mags locker verzichten – aber es gab eine Sache, die sie immens zu schätzen wusste.

Jeden Morgen wurden in den jeweiligen Hotelküchen ein Dutzend Thermosflaschen mit Tee oder Kaffee gefüllt. Die kleinen Flaschen trugen das elegante Logo von Roses Unternehmen und hielten die Getränke für einige Stunden warm. Dazu gab es immer noch etwas zu essen. Diesmal war es ein Frühstücksmuffin, der, als Mags den braunen Papierbeutel öffnete, einen köstlichen Duft von Zimt und gerösteten Nüssen verströmte.

Mags trank einen Schluck Tee, biss in ihren Muffin und lachte leise, als sie ihren Blick weiter über die Pflanzen wandern ließ. Wie es wohl gewesen sein musste, damals auf das völlig verwilderte Land zu blicken, das teilweise noch unter Schutt und Schrott begraben vor Vitas Füßen gelegen hatte? Mags, die aus der alten Mine in Drabstock mit Gullivers Unterstützung einen Landschaftsgarten der besonderen Art geschaffen hatte, kannte das berauschende Gefühl, auf ein Stück brach liegendes Land zu blicken und seine blühende Zukunft zu sehen. Auch mit ihrem eigenen Cottage war es ihr so gegangen, wobei der Garten dort schon seine eigene Geschichte mit sich gebracht hatte und sie sich zudem an die Traditionen und Farben ihrer Heimat gebunden fühlte.

Vita und ihr Mann waren da freier gewesen, aber hinter allen Theorien und Überlegungen steckte doch in jedem Gärtner eine klare Leidenschaft: Dinge, vor allem schöne Dinge, wachsen zu sehen.

Sam hatte einmal, um sie aufzuziehen, die These in den Raum gestellt, alle Gärtnerinnen und Gärtner hätten einen Gottkomplex und würden sich ständig als Schöpfer sehen. Daher gäbe es auch so viele Mordgeschichten, in denen ein Garten oder eben ein Gärtner eine Rolle spielten. Sie hatte das mit einem Schnauben abgetan, aber vielleicht hatte er gar nicht so unrecht. Etwas zu schaffen, konnte einen in eine Art Rausch versetzen. Und vielleicht lag der Gedanke gar nicht so fern, dass der, der etwas erschaffen konnte, eben auch zum Gegenteil in der Lage wäre.

Sie merkte, wie ihr ein kalter Schauer den Rücken hinunterlief, und schüttelte sich kurz. Was für merkwürdige Gedanken an einem so wunderbaren Morgen. Sie verschloss die Thermoskanne, rollte den Beutel zusammen und ging, ohne nachzudenken, nach links den kleinen Pfad entlang, der sie wieder tiefer in den Garten führen würde.

Ein Kuckuck ließ seinen Ruf erklingen und segelte

in den für ihn so charakteristischen Bögen über ihren Kopf.

Mags blieb wieder stehen und bewunderte den Garten in seiner ganzen Vielfalt. Sie sah die ersten dicken Hummeln, die ihre pelzigen Hinterteile aus den Blüten hervorstreckten, während sie nach Nektar suchten.

Der Kuckuck rief erneut, und Mags beschloss, seinem Ruf zu folgen.

Nach einigen Metern bemerkte sie einen schweren Duft, der sich ihr wie ein Netz entgegenstreckte. Wäre sie eine Biene, hätte sie wahrscheinlich keine andere Wahl, als ihm zu folgen. Aber auch sie als Mensch war neugierig und ließ sich mitziehen.

Der Eingang zum Liliengarten, den sie schon am Geruch erkannte, denn keine anderen Blumen konnten mit diesem Duft mithalten, lag unter einem Torbogen, dessen helle Ziegelsteine einander stützten und den Besucher willkommen hießen. Mags trat unter ihnen hindurch und stand am oberen Rand eines leicht gesenkten Gartens, dessen ebenfalls von Ziegelsteinen eingefasste Beete mit Lilien unterschiedlichster Sorte bepflanzt waren. Die Senke und die Ziegelmauern hatten die Wärme des Vortages gut gespeichert und fingen schon die ersten, wärmenden Strahlen der Sonne ein. Mags erkannte an der Südseite des Gartens sofort die Reihen von Königslilien, deren geöffnete Blütenkelche für den Duft verantwortlich waren.

In der Mitte des Gartens stand eine Bank. Vor der Bank lag jemand auf dem hellen Kies.

18

»Trink das.«

Mags spürte, wie ihr jemand einen Thermobecher mit Tee in die Hand drückte.

Sie saß am Rande des Gartens auf einer Steinmauer und wartete darauf, dass die Polizei kam.

Anne Taylor war tot.

Mags hatte nach dem ersten Schock zu ihrem Mobiltelefon gegriffen und gehofft, dass Eric seines ebenfalls dabeihatte. Zu ihrer Erleichterung ging er nach dem ersten Klingeln ran.

»Was ist?«

»Komm zum Liliengarten, hier …«

Sie hatte ihre Stimme kontrollieren müssen, da der Schock nun langsam einsetzte.

»Anne Taylor, sie ist tot.«

Dann hatte sie die Nummer der Polizei gewählt. In wenigen Minuten würden vor den Toren des Gartens die Sirenen zu hören sein. Eric hatte sich am Torbogen zum Liliengarten platziert und versperrte so den Eingang. Vor ihm standen Rose, Mr Bloomfield und die anderen Teilnehmer mit blassen und entsetzten Gesichtern. Die anderen Teilnehmer würden spätestens beim Klang der Sirenen endgültig wissen, dass etwas Schreckliches passiert war.

»Trink.«

Mags dachte an die verkrampfte Hand und an den gleichen Becher, der neben ihr auf dem Boden gelegen und in der Sonne geglänzt hatte.

Ihr wurde schlecht.

19

Mags beobachtete von ihrem Sitzplatz auf der Steinmauer aus, wie die ersten beiden Polizeibeamten auf Eric zukamen. Er redete kurz mit ihnen, woraufhin die Polizistin mit ihm in den Liliengarten ging, während der Polizist am Torbogen Erics Platz übernahm. Die anderen Reisenden waren mit Rose in das Café gegangen, das zum Garten gehörte.

Nach einigen Minuten kamen zwei Rettungssanitäter den lang gestreckten Gartenweg entlang, doch ihre ruhigen Schritte ließen darauf schließen, dass sie wussten, dass es im Garten für sie nichts Dringendes mehr zu tun gab. Auch die Sanitäter gingen durch den Torbogen, und kurze Zeit später kam einer der beiden auf Mags und Miss Clara zu.

»Sie haben die Frau gefunden?«

Er sah Mags mit einem freundlichen Lächeln an, und sie konnte die Sommersprossen erkennen, die sich auf seinem Gesicht tummelten.

»Wie geht es Ihnen?«

Mags beobachtete die Sommersprossen und fragte sich, ob der junge Mann daheim jemanden hätte, der sie für ihn zählen würde.

»Mrs –?«

Er sah Miss Clara fragend an, die Mags eine Hand auf die Schulter legte.

»Blake. Mrs Blake.«

Sie beugte sich zu Mags und sah sie ernst an.

»Mags? Magst du dem Sanitäter antworten? Er macht sich Sorgen, und wenn du nicht antwortest, wird er dich zu Recht doch mitnehmen wollen.«

»Ah. Ja. Mir geht es gut. Danke.«

Was für eine Lüge. Was für eine dicke, fette Lüge.

»Ich würde gerne einmal Ihren Blutdruck messen.«

Mags zuckte mit den Schultern und ließ die Strickjacke nach unten gleiten, die ihr Miss Clara um die Schultern gelegt hatte.

Die Manschette um ihren Arm zog sich fest zusammen, und sie spürte, wie ihr Blut versuchte, gegen den Widerstand anzupumpen.

»Etwas niedrig, aber in Ordnung.«

Der Sanitäter kniete sich vor Mags.

»Miss Blake – das war sicher ein Schock. Ich mache mir Sorgen, dass auch Ihr Körper darauf reagiert, und würde Sie gerne einmal mit zu unserem Rettungswagen nehmen.«

»Nein.«

Sie hörte Miss Clara seufzen.

»Nur für einen Moment, bis wir uns sicher sind, dass es Ihnen gut geht.«

Mags schüttelte den Kopf. Dann sah sie den Sanitäter an.

»Nein. Ich bleibe hier. Es ist fürchterlich …«

Sie schluckte, als sie an Anne Taylors verkrampften Körper dachte.

»… aber ich kippe nicht um. Versprochen.«

Er betrachtete sie skeptisch, dann wandte er sich an Miss Clara.

»Sie sollte viel trinken, am besten etwas Süßes.«

Er schüttelte missbilligend den Kopf.

»Wir werden noch einige Zeit vorn am Parkplatz stehen, falls Sie es sich anders überlegen. Es sei denn natürlich, es kommt ein Notfall rein.«

Mags hörte ihm schon nicht mehr richtig zu, da mittlerweile noch mehr Leute am Torbogen eingetroffen waren. Keiner von ihnen trug Uniform, eine von ihnen dafür eine altmodische schwarze Arzttasche.

Eric hatte den Liliengarten verlassen und kam auf Mags und Miss Clara zu.

»Die Kollegen von der Polizei sind da. Und die Gerichtsmedizinerin auch schon, sie wohnt wohl nicht allzu weit entfernt.«

Er war blass und setzte sich zu Mags auf die Mauer.

»Ich wurde höflich gebeten, zu gehen.«

Er griff automatisch in seine Jackentasche, zog die Hand dann aber leer wieder hervor. Eine alte Angewohnheit, die Suche nach der Schachtel Zigaretten, ohne die er früher nicht das Haus verlassen hätte.

»Was ist da bloß passiert?«

»Ich durfte mir die …«

Er brach ab, sah kurz von Miss Clara zu Mags und setzte dann neu an.

»Ich konnte einen Blick auf Miss Taylor werfen. Ihr Gesicht, die Lippen und die Art, wie ihr Körper gefallen sein muss …«

Mags schloss die Augen. Auch sie hatte all das gesehen.

»Natürlich müssen die Kollegen vor Ort und die Gerichtsmedizin es bestätigen, aber ich denke, es war Gift.«

Eric sah Mags an, die nickte.

»Sie hat sich erbrochen. Und wie sie da lag. Der Boden war zerwühlt.«

Sie schwieg und sah Eric an.

»Da lag ihre Tasche auf der Bank, die Thermoskanne und ein Buch mit einem Blatt Papier daneben …«

»Ja. Das Buch ist von Vita Sackville-West. *Some Flowers.*«

»Ihre Essays über ihre Lieblingsblumen.«

»Ja. Ich konnte nicht lesen, was auf dem Blatt daneben stand, aber …«

Mags sah Eric an, dann Miss Clara.

»Ihr denkt, sie hat sich umgebracht? Auf so fürchterliche Art und Weise?«

»Ach Mags. Die meisten Menschen denken, sie könnten einfach etwas schlucken, und dann würde es ganz schnell gehen. Friedlich. Wie bei Romeo und Julia. Aber das ist bei Gift fast nie so. Man schläft nicht sanft ein. Der Körper merkt oft, was passiert, und dann …«

Erics Stimme klang müde.

»Der süße Tod ist eine Erfindung der Kunst. In Wirklichkeit ist Gift weder süß noch sanft. Aber wie gesagt, viele Menschen wissen das nicht oder wollen es nicht glauben.«

Mags schüttelte den Kopf nun heftiger. Das konnte so nicht stimmen. Sie sah ihre beiden Freunde an.

»Unordnung.«

»Was?«

»Sie hätte nie etwas getan, was so eine Unordnung hinterlassen würde.«

Und damit stand sie auf und machte sich auf den Weg zurück in den Liliengarten.

20

»Was wollen Sie hier?«

Die Stimme gehörte zu einem Mann, der sie mit durchdringendem Blick aus hellen Augen musterte. Er war einer von denen, die nach den uniformierten Beamten den Liliengarten betreten hatten. Er trug eine helle Sportjacke und Jeans. Seine Füße steckten in festen Wanderschuhen, und seine blonden Haare wurden von einer Mütze bedeckt.

»Ich bin Mags Blake. Ich habe die Tote, Miss Taylor, gefunden. Ich wollte einfach sehen …«

Mags brach hilflos ab. Der Mann vor ihr blickte sie fragend an, und auf einmal wusste sie nicht mehr, was sie sagen sollte.

»Ja?«

Er wartete noch einen Augenblick, dann schüttelte er den Kopf.

»Wenn Sie schon einmal hier sind, vielleicht darf ich Ihnen dann einige Fragen stellen?«

Er stellte seinen Rucksack ab und zog aus einer der Seitentaschen ein kleines Notizbuch und einen Kugelschreiber. Mags sah ihn fragend an.

»Wer sind Sie?«

»Oh, hab ich mich nicht vorgestellt? Das tut mir leid. Ich bin Inspector David Corriegan von der Polizei Kent.«

Mags musterte ihn erneut. Er sah eher aus wie ein Tourist auf Wandertour – um nichts in der Welt hätte Mags damit gerechnet, in ihm einen Polizisten vor sich zu haben. Er wies mit der Hand auf eine Mauer am Rande des Liliengartens, die mittlerweile in helles Sonnenlicht getaucht war. Der süßliche Duft der Königslilien ließ Mags fast würgen.

»Erzählen Sie mir doch kurz, wie Sie Miss Taylor gefunden haben, ja?«

Er hatte seine Frage in einem leichten Plauderton gestellt, weder übertrieben sachlich noch in irgendeiner Art fordernd oder genervt. Eher einladend, entgegenkommend. Das war sie, bei aller Liebe zu Eric und ihrer Freundin Mary Shifter, von keinem Polizeibeamten, den sie bisher kennengelernt hatte, gewohnt.

Langsam und stockend erzählte sie Inspector Corriegan, was sie in den Liliengarten geführt hatte. Sie erzählte ihm, warum sie sich von der Gruppe entfernt hatte, warum sie Ruhe gesucht hatte, und er schien ihr nicht nur zuzuhören, sondern auch zu verstehen, was sie meinte. Auch wenn er Stift und Notizbuch in der Hand hielt, hatte er bisher noch nichts aufgeschrieben.

Mags merkte, wie die Anspannung von ihr abfiel, nachdem sie ihm alles erzählt hatte. Ob er wohl immer diese Wirkung auf andere Menschen hatte? Wenn ja, würde das erklären, warum er als Polizist so jung schon erfolgreich war.

»Und wie geht es Ihnen jetzt?«

Schon wieder eine Frage, mit der sie nicht gerechnet hatte.

»Ich bin entsetzt, und ich kann nicht glauben, was Eric mir gerade erzählt hat.«

»Eric Johnson, ein ehemaliger Polizist, richtig? Die Kollegen haben erwähnt, dass er sie empfangen hat. Was genau hat er Ihnen denn erzählt?«

Der Tonfall des Inspectors hatte sich leicht verändert, und Mags sah auf. Doch sein Gesicht zeigte weiterhin nur freundliches Interesse.

»Dass es so aussieht, als ob Anne Taylor sich umgebracht hat.«

»Oh, das. Ja. Und warum glauben Sie ihm nicht? Er scheint doch eine Menge Erfahrung zu haben, etliche Jahre mehr als ich oder Sie. Ein Profi, jemand, der genau hinschaut. Und ein Freund von Ihnen, oder?«

Er sah Mags an.

»Warum glauben Sie das also nicht?«

Mags holte tief Luft. Sie hoffte, dass er ihr glauben würde.

»Anne Taylor hätte nie eine solche Unordnung hinterlassen. Sie wollte sogar zu mir nach Cornwall kommen, um dort aufzuräumen. Wir haben uns darüber unterhalten.«

»Sie kannten Sie also doch länger als zwei Tage?«

»Nein, ich habe sie auch erst auf der Reise kennengelernt.««

»Ah, haben Sie? Aber trotzdem kennen Sie sie so gut, dass Sie wissen, was sie getan hätte?«

Mags schüttelte den Kopf.

»Nein. Es geht nicht darum, wie gut ich sie kenne. Kannte. Sondern darum, dass sie sowohl in dem, was sie mir sagte, als auch in ihrem Verhalten sehr darauf bedacht war, ordentlich zu sein und …«

Er sah sie abschätzig an.

»Mrs Blake. Wir haben gerade in Miss Taylors Handtasche eine halb leere Dose mit nicht gekennzeichneten Tabletten gefunden, die unser Labor noch untersuchen wird. Und in ihrem Gepäck wurden weitere Medikamente gefunden, die laut unserer Ärztin darauf hindeuten, dass Miss Taylor psychische Probleme hatte. Sie wünschen sich vielleicht, es wäre anders gewesen, *aber* …«

Bei diesem letzten Wort war er zum ersten Mal laut geworden, und Mags merkte, wie sie einen Schritt zurücktrat. Als er weitersprach, war seine Stimme wieder völlig normal und geradezu sanft.

»Aber Sie halten sich nun besser raus und lassen uns unsere Arbeit tun.«

Er blickte sie mitfühlend an.

»Gehen Sie, Mrs Blake. Sie haben mir alles erzählt, was ich wissen muss.«

Seine Stimme war immer noch freundlich, aber sein herablassender Blick ließ ihren Puls vor Wut in die Höhe schnellen.

»Aber Anne Taylor …«

»Nein.«

Er drehte sich um und ging. Mags merkte, wie die Wut als heiße, rote Welle in ihr aufstieg. Was bildete er sich ein, so über sie zu urteilen?

»Arschloch!«

Ihre Stimme klang lauter, als sie gedacht hatte.

Er blieb stehen und drehte sich um.

»Wie bitte?«

Mags zuckte mit den Achseln. Sie hatte keine Lust mehr, höflich zu dem Mann zu sein. Doch bevor sie noch etwas Weiteres sagen konnte, bemerkte sie, wie sie jemand am Arm zog. Miss Clara.

»Mags, komm mit.«

»Aber …«

Miss Clara legte ihre gesamte Autorität in ihre nächsten Worte, und Mags zuckte zusammen.

»Kein Aber. Jetzt!«

Sie zog Mags in den hinteren Teil des Gartens, wo Eric auf einer Bank saß und sie kopfschüttelnd ansah. Wie es schien, hatten die beiden alles mit angehört.

»Verdammt noch mal, Mags. Was sollte das denn? Ist dir eigentlich klar, wie viel Ärger dir dieser Mann machen könnte? Was ist denn bloß los mit dir?«

Mags sah ihn wütend an.

»Was mit mir los ist? Anne Taylor ist tot, und ich denke, es war kein Selbstmord. Sie hat sich nicht umgebracht – da steckt mehr dahinter. Aber er will mir nicht zuhören.«

Eric fuhr sich mit der Hand durch die Haare, so dass sie nach allen Seiten abstanden.

»Das muss er ja auch nicht. Er ist der Experte, es ist sein Job, den Fall zu untersuchen. Wieso sollte er dir zuhören?«

»Aber Anne Taylor hätte nie so eine Unordnung hinterlassen.«

»Du kanntest sie kaum – warum glaubst du, dass du das beurteilen kannst?«

Mags schwieg und biss sich auf die Lippe. Anscheinend war diesmal auch Eric nicht bereit, ihr zu glauben.

»Fakten, Mags. Wir haben euer Gespräch belauscht, ihr wart nicht wirklich zu überhören. Die Polizei hat also höchstwahrscheinlich das Gift in ihrer Handtasche gefunden, sie trug es bei sich. Und dazu die Medikamente in ihrem Gepäck. Das sind doch alles Dinge, die du nicht ignorieren kannst.«

»Und wenn jemand das Gift in ihre Tasche gelegt hat?«

»Ach Mags …«

Eric richtete sich auf.

»Du siehst da etwas, für das es keine Indizien gibt. Nicht jeder Todesfall ist gleich ein Verbrechen. Aber ich kenne das, ich hatte Kollegen, denen es genauso ging.«

Mags sah ihn an und atmete tief durch. Eric war ein Freund und hatte verdient, dass sie ihm zuhörte. Trotzdem merkte sie, wie die Wut in ihr leise pochte und danach drängte, sich Gehör zu verschaffen.

»Was meinst du damit?«

»Einige Kollegen, egal, für welchen Bereich sie arbeiten, erreichen irgendwann einen Punkt, an dem sie hinter jedem zugezogenen Vorhang ein Verbrechen vermuten. Sie sind so auf eine Welt voller Verbrechen eingestellt, dass sie nicht mehr sehen, dass es auch noch andere Dinge gibt. Schöne Dinge und auch tragische Dinge. Gerade die Ereignisse, an denen einfach niemand anderes Schuld trägt, lassen sie nicht los. Sie suchen nach jemandem, der Schuld hat. Aber manchmal spielt das Leben einfach so.«

Er sah Mags an und wählte jedes seiner Worte mit Bedacht.

»Anne Taylor hat sich aller Wahrscheinlichkeit nach umgebracht. Warum sie dafür diesen Zeitpunkt und diesen Garten wählte, weiß ich nicht. Ich kann nicht in ihren Kopf schauen. Und auch du kannst das nicht. Du musst aufhören, überall nur Verbrechen zu sehen. Lass los.«

Eric stand auf und sah von ihr zu Miss Clara und zurück.

»Lass los.«

Dann ging er durch den Garten davon. Mags blieb erschöpft sitzen und sah Miss Clara Hilfe suchend an. Wenn es einen Menschen gab, dessen Meinung sie vertraute, dann war das Clara.

»Du bist seiner Meinung?«

»Ja.«

Sie setzte sich neben Mags.

»Eines, was Eric und ich in den letzten Monaten lernen mussten, war, nicht hinter jedem Husten, jeder Müdigkeit oder jeder Veränderung gleich wieder den Krebs zu vermuten. Es bringt dich langsam um, ebenso wie die Krankheit selbst, wenn du so voller Angst durchs Leben gehst.«

Mags schwieg. Sie verstand, was Miss Clara meinte, und auch, was Eric befürchtete.

Clara sah sie ruhig an.

»Wir machen uns Sorgen um dich. Weil wir dich lieben.«

Mags spürte einen dicken Kloß im Hals.

»Ich weiß. Ich liebe euch auch.«

»Gut.«

Zusammen saßen sie einige Minuten schweigend in der Sonne.

»Kommst du mit rein?«

Miss Clara stand auf und streckte Mags die Hand entgegen. Doch Mags schüttelte den Kopf.

»Nein. Ich bleibe noch einen Moment hier. Ich brauche etwas Zeit.«

Miss Clara zog ihre Hand zurück und wandte sich ab, um hinter Eric den Garten zu verlassen.

Verdammt.

Mags fühlte sich leer und hilflos. Sie wollte Erics Sorge ernst nehmen, er war ihr Freund und hatte sie in den letzten Jahren in vielen gefährlichen Momenten begleitet und unterstützt. Aber umso mehr sollte er doch wissen, dass sie eben aufgrund ihrer Erfahrungen gelernt hatte, auf ihr Bauchgefühl zu hören. Doch eine kleine Stimme in ihr fragte sich, ob er vielleicht recht hatte und sie nur Gespenster sah.

Sie stand auf und sah sich unschlüssig um, als sie hinter sich auf dem Kiesweg leise Schritte und ein Räuspern vernahm.

»Mrs Blake?«

»Oh, Mr Bloomfield.«

»Ich konnte nicht umhin, Teile ihres Gespräches mit dem Inspector und auch mit Mr und Mrs Johnson zu hören – Hecken sind ziemlich durchlässig für Stimmen.«

»Das macht nichts, keiner von uns hat sich ja bemüht, leise zu sprechen.«

»Ah ja – wobei es ja manchmal Situationen gibt, in denen es vielleicht besser wäre, etwas leiser zu sein.«

»Was meinen Sie? Dass ich besser nicht sagen soll, was ich denke?«

Mags war müde und hatte keine Lust, sich erneut rechtfertigen zu müssen.

»Oh, nein. Sehen Sie, ich stimme Ihnen sogar zu. Zumindest insoweit, dass ich wünschte, der Inspector würde sich darauf einlassen, Ihre Überlegungen zumindest in Betracht zu ziehen. Aber sehen Sie, Menschen reagieren auf Lautstärke sehr unterschiedlich. Einige schreien zurück, andere verstecken sich lieber.«

»Sie glauben mir?«

Nigel Bloomfield sah sich im Garten um.

»Ja, ich glaube Ihnen. Aber lassen Sie uns doch später weitersprechen, vielleicht irgendwo, wo es ungestörter ist.«

Damit bog er mit dem für ihn typischen beschwingten Gang um eine Ecke und verschwand.

Mags war zurück auf ihr Zimmer gegangen. Rose hatte alle Teilnehmer der Reise gebeten, vor dem Abendessen im kleinen Garten des Hotels zusammenzukommen.

Sie war sich ziemlich sicher, dass Rose den Abbruch der Reise verkünden würde.

Sie stellte sich an das offene Fenster und blickte über die Weite des Gartens.

Sie ärgerte sich über den Inspector und auch über die Art und Weise, wie Eric versucht hatte, ihr ihre Instinkte auszureden. War sie in seinen Augen wirklich so ahnungslos?

Sie musste mit jemandem reden – und es gab nur einen Menschen auf dieser Welt, der sie so gut kannte, dass er sie verstehen würde. Sie nicht abtun, nicht verurteilen, aber auch nicht blind unterstützen würde. Ein Mensch, der ihr zuhören und wissen würde, wie es ihr ging und warum sie verdammt noch mal nicht an einen Selbstmord glaubte.

Sie griff zum Telefon und wählte eine Nummer. Doch am anderen Ende war, wieder einmal, nur die Mailbox zu erreichen.

Mags legte auf und fluchte. Wo in aller Welt steckte Sam bloß?

21

SAM
ROSEHAVEN

»... und daher möchte ich dich noch einmal inständig bitten, den Elfen in Ruhe zu lassen. Du und die anderen werden ihn noch vertreiben, oder vielleicht sogar wütend machen. Und schon meine Großmutter hat immer gesagt, dass es wenig Schlimmeres als einen wütenden Elfen gibt. Sie hätte dir Geschichten erzählen können!«

Sam saß an seinem gewohnten Arbeitsplatz im Garten des Cottage und versuchte, Mrs Clark nicht allzu erbost anzusehen. Er war müde, denn er hatte die letzte Nacht wieder nicht geschlafen. Er war hungrig, da sein Kühlschrank immer noch leer war. Und gerade, als er nach einigen Tassen Kaffee immerhin etwas wacher vor seinem Rechner saß und mit seiner Arbeit beginnen wollte, war Mrs Clark unter fröhlichem Betätigen ihrer Hupe mit ihrem flotten Kleinwagen vor das Haus gerollt und hatte ihn überfallen.

Das einzig Gute an dem Überfall war der große Kuchen, der unter einem roten Geschirrtuch vor ihm auf dem Tisch stand. Ob es ein Freundschaftsgeschenk oder eine Bestechung war, wusste er nicht so genau. Duften tat er so oder so vorzüglich.

»Mrs Clark, ich glaube wirklich, dass es sich bei unserem Dieb nicht um einen Elfen handelt. Würde ein Elf die Blumen aus der Kirche klauen, um sie dann vor Mrs Millers Türschwelle zu legen? Würde ein Elf sich die Mühe machen, ihren dicken Kater zu schnitzen? Ich denke, wir haben es schon mit einem Menschen zu tun – und ich möchte noch einmal betonen, dass ich ihn nicht fangen, sondern nur mit ihm sprechen möchte. Wir machen uns Sorgen, dass er irgendwann einmal im falschen Haus einbricht, einer der Touristen weniger Verständnis als die Dorfbewohner zeigen wird und die Polizei ruft. Wollen Sie das? Ich will doch nur wissen, wer es ist und warum er das tut. Vielleicht braucht er einfach Hilfe?«

Mrs Clark schnaubte.

»Sam! Ein Elf braucht keine Hilfe, und die Geschenke, die er gemacht hat, sind doch nun mal wirklich eines Elfen würdig. Die Blumen aus der Kirche hatte Mrs Miller übrigens einige Tage zuvor in ihrem Garten geschnitten, bei Vollmond, damit die Blüten nicht aufgehen.«

Sam sah sie fragend an.

»Und das bedeutet?«

»Und das bedeutet, dass der Elf sich nur aus der Kirche zurückgeholt hat, was ohnehin ihm gehörte. Blumen, die nachts gepflückt werden, und das auch noch bei Vollmond, sind nicht für die Kirche gemacht. Sie hätte das wirklich besser wissen müssen.«

»Und was sollen wir jetzt Ihrer Meinung nach tun?«

»Gar nichts, das sage ich doch die ganze Zeit. Ein Elf, der so wie unserer auftaucht, wird sowieso nur so lange bleiben, wie die Pforte ins Elfenreich geöffnet ist. Und das ist sie nur noch bis zur Sommersonnenwende.«

»Bis dahin sind es aber noch über zwei Wochen. In dieser Zeit kann alles Mögliche passieren.«

»Pah, dann musst du eben auf den Elfen aufpassen.«

»Wie das denn bitte? Bisher habe ich es ja noch nicht mal geschafft, ihn auch nur ein einziges Mal zu Gesicht zu bekommen.«

»Du musst zu den Leuten gehen und ihnen von dem Elfen erzählen. Du bist der Geschichtenerzähler, das ist deine Aufgabe. Wenn du den Touristen von dem Elfen erzählst, dann wissen sie Bescheid und werden nicht die Polizei rufen, oder?«

Sam bezweifelte das stark. Seiner Erfahrung nach hörte bei den meisten Menschen die Sympathie für eine gute Geschichte da auf, wo Hausfriedensbruch und Diebstahl ins Spiel kamen, auch wenn in diesem Fall nur Essen geklaut wurde.

»Mrs Clark, ich freue mich ungemein, dass Sie mir diese Aufgabe zutrauen, aber ich muss leider sagen, dass nicht mehr viele Menschen an Elfen glauben. Sie werden also auch mir nicht glauben, sondern denken, ich würde ihnen einen Bären aufbinden. Und wenn dann der Elf bei ihnen eingebrochen ist, rufen sie trotzdem die Polizei, und die wird dann zu mir kommen und mich fragen, wo der Elf zu finden ist.«

»Tagsüber wird er sich irgendwo in einem alten Feenhügel schlafen legen.«

Sam lachte. Er konnte nicht anders, auch wenn er es im selben Moment zutiefst bereute. Vielleicht lag es an seiner Müdigkeit, vielleicht an seinem Hunger, aber er hatte gelacht und konnte es nicht ungeschehen machen. Sie sah ihn verletzt an.

»Von dir hätte ich mehr erwartet.«

»Entschuldigen Sie, ich war einfach …«

Aber Mrs Clark war schon aufgestanden und hatte sich umgedreht.

»Mrs Clark, bitte, es tut mir leid, wirklich.«

Sie blieb stehen, schien kurz nachzudenken und kam dann zu ihm an den Tisch zurück. Sam wollte schon erleichtert aufatmen, als sie ihn wütend anfunkelte, nach der Platte mit dem Kuchen griff und mit schnellen Schritten zurück zu ihrem Auto ging.

Sam ließ den Kopf auf seine Arme sinken.

Verdammt.

22

»… daher habe ich mich entschieden, die Reise abzubrechen. Sie werden Ihre Ausgaben natürlich vollständig erstattet bekommen. Ich denke, keiner von uns wird in den nächsten Tagen in der Lage sein, unbeschwert die Gärten zu genießen. Wer möchte, kann schon heute Abend abreisen, Mr Smith wird Sie gerne zum nächsten Bahnhof bringen. Oder Sie bleiben noch diese Nacht hier im Hotel und werden morgen früh von uns bis nach London gebracht. Es tut mir sehr leid, die Polizei hat mir bisher noch keine offiziellen Ergebnisse der Untersuchung mitgeteilt, aber der leitende Beamte hat mir erlaubt, Ihnen den vorläufigen Stand mitzuteilen.«

Sie sah in die Runde, und ihr Blick blieb kurz an Mags hängen. Anscheinend war ihre Auseinandersetzung mit dem Inspector nicht unbemerkt geblieben.

»Die Polizei geht davon aus, dass Mrs Taylor Selbstmord begangen hat. Sie ist wohl schon längere Zeit sehr krank gewesen. Psychische Krankheiten können manchmal genauso tödlich sein wie körperliche.«

Sie hielt kurz inne und schien sich zu sammeln.

»Ich werde mich an Mrs Taylor als einen sehr freundlichen und höflichen Menschen erinnern. Ich werde mich daran erinnern, wie sie durch die Gärten gegangen ist und alles auf die ihr eigene Art und Weise beobachtet hat. Ich hoffe, die Tage mit uns …«

Rose brach ab und schüttelte den Kopf.

»Ich finde einfach nicht die richtigen Worte, also schweige ich wohl besser.«

Rose trat zur Seite und setzte sich neben Mags, die ihre Hand drückte.

Die Wirtin der Pension trat vor die Gruppe.

»Ich habe für Sie um neunzehn Uhr den Speisesaal reserviert. Statt des geplanten Picknicks im Garten dachte ich, ein etwas ruhigerer Ort wäre gut, und habe dort ein Buffet für Sie aufgebaut. Bitte lassen Sie es mich wissen, wenn Sie noch etwas brauchen.«

Nachdem sie gegangen war, senkte sich Schweigen über die Gruppe. Mags spürte, wie Rose neben ihr aufstehen wollte, als Nigel Bloomfield vortrat und das Wort ergriff.

»Bis neunzehn Uhr sind es noch zwei Stunden. Ich schlage vor, dass diejenigen von uns, die noch etwas Bewegung brauchen, zusammen einen Spaziergang bis zum Fluss und zurück machen. Das ist bei einem flotten Tempo gut machbar und wird uns die Köpfe freipusten. Ich verspreche auch, nicht die ganze Zeit einen Vortrag über die Pflanzen am Wegesrand zu halten. Wobei ihr mich wahrscheinlich mehrmals an mein Versprechen werdet erinnern müssen.«

Er lachte, und einige der Teilnehmer stimmten leise ein. Sein Tonfall war die perfekte Mischung aus Vorschlag und Aufforderung, und Mags sah, wie Rose ihm dankbar zulächelte.

»Gut. Dann treffen wir uns in zehn Minuten vor dem Eingang.«

Er klatschte in die Hände, und die Gruppe zerstreute sich. Mags wandte sich an Rose.

»Brauchst du Hilfe bei irgendetwas?«

Sie schüttelte den Kopf.

»Nein. Ich werde mich ans Telefon hängen und überall absagen müssen. Aber das mache ich lieber selbst. Viele der Hotelleute und Gärtner kenne ich schon seit Jahren.«

Sie seufzte.

»Ich habe keine Ahnung, ob irgendeine unserer Versicherungen bei so etwas zahlen wird. Aber ich kann nicht guten Gewissens weitermachen. Das schaffe ich nicht – und ehrlich gesagt möchte ich jetzt auch so schnell wie möglich bei Beth sein. Geld hin oder her.«

Mags konnte das verstehen, hatte aber auch die Sorge in Roses Augen gesehen, als es um die Frage nach den Kosten ging.

»Du brauchst das Geld.«

»Wer braucht kein Geld? Aber ja. Wusstest du, was es kostet, an Krebs zu erkranken? Wie wenig die Versicherung übernimmt, und was alles an einem hängen bleibt? Immerhin haben Beth und ich eine Versicherung. Die, die nur den NHS haben, müssen noch viel mehr kämpfen. Ich wünschte …«

Sie sprach den Satz nicht zu Ende und blickte kurz stumm auf ihre Hände.

»Ich brauche vor allem Ruhe.«

Eric und Miss Clara waren zu ihnen getreten und schienen die letzten Worte gehört zu haben. Miss Clara setzte sich neben Rose und ergriff ihre Hände.

»Rose, Liebes. Ich möchte, dass du in Ruhe über etwas nachdenkst. Antworte nicht jetzt gleich, sprich mit Beth. Aber Eric und ich haben neben unserem Cottage im Garten ein zweites Haus. Eher ein Häuschen, beziehungsweise eine umgebaute alte Scheune. Es ist ruhig dort, vor den Fenstern blühen Rosen, und vom Meer her weht immer herrlich frische Luft zu uns herauf. Frag Mags, sie hat dort gewohnt. Wie gesagt, es ist nicht groß, aber wir könnten es mit ein, zwei Änderungen für Beth und dich herrichten. Ihr hättet Ruhe. Eric und ich könnten euch unterstützen – bei allem. Es ist ein guter Ort. Ihr könntet eure Wohnung in London vermieten und hättet so ein zusätzliches Einkommen. Wir möchten euch aus ganzem Herzen einladen, zu uns zu kommen. Solange …«

Rose sah Miss Clara an, und Mags konnte den Schmerz spüren, der nun greifbar in der Luft hing.

»Solange es dauert?«

»Ja, solange es dauert.«

Rose nickte langsam und stand dann auf.

»Ich muss telefonieren.«

Mags blieb unschlüssig im Garten des Hotels sitzen und dachte an Anne Taylor und alles, was sie über die Frau wusste. Einer unter fünfhundertsechzigtausend. Mags hielt die Luft an. Was, wenn …?

Und langsam, ganz langsam, zeichnete sich eine Idee ab. Aber um sie umzusetzen, würde sie Hilfe brauchen.

Sie dachte an Eric und seinen besorgten Blick. Er würde da nicht mitmachen. Aber wer würde sonst …

Sie dachte nach und lächelte dann.

Irgendwie hatte sie das Gefühl, ein Spaziergang wäre jetzt genau das richtige.

23

»Na, hat Mr Bloomfield dir wieder einmal etwas über seine heiß geliebten Heilpflanzen erzählt?«

Mags lächelte. Außer ihr waren noch Sunny, die Hamiltons sowie Carmen und Edwin Mawson Mr Bloomfields Einladung zu einem Spaziergang gefolgt. Mags hatte sich den ersten Teil des Weges mit Nigel zurückfallen lassen und hatte eben erst zum Rest der Gruppe aufgeschlossen. Sie wandte sich der jungen Amerikanerin zu.

»Ja, ein wenig. Aber vielleicht sind er und ich uns ja gar nicht so unähnlich.«

Sie schwiegen einen Moment und sahen auf den Fluss, der sich träge und sanft seinen Weg durch die Wiesen zum Meer bahnte.

»Was passiert denn jetzt mit Mrs Taylor? Ich meine …«

Sunny schien nach den richtigen Worten zu suchen.

»Wird es eine Beerdigung geben?«

Bevor Mags antworten konnte, fuhr Sunny schon fort.

»Meine Mutter ist ziemlich fertig mit den Nerven. Das kenne ich gar nicht von ihr.«

Sie klang besorgt. Mags erinnerte sich an den ersten Abend im Coachhouse Inn und an die Blicke, die Patricia Doobs Anne Taylor zugeworfen hatte.

»Warum das denn? Sie kannten sich doch nicht, oder?«

Sunny schüttelte den Kopf.

»Nein, das nicht. Aber meine Mutter hat bei der Anmeldung zufällig den Ausweis von Miss Taylor gesehen. Und festgestellt, dass sie im selben Jahr geboren wurden.«

Mags riss die Augen auf.

»Aber Miss Taylor war doch sicherlich ...«

»Dreiundsechzig Jahre alt.«

»Und deine Mutter ...«

»Ist auch dreiundsechzig. Was sie aber Fremden gegenüber niemals zugeben würde. Sie hat mich bekommen, als sie vierzig war – es war wohl nicht ganz einfach, und ...«

Sunny lächelte Mags schief an.

»Und da sie gerne so tut, als wäre sie meine große Schwester und nicht meine Mutter, hat sie das ganz schön runtergezogen. Sie hat es mir gleich erzählt – und war ganz verstört, dass sie und *die alte Frau* nur so wenige Monate auseinander lagen. Woraufhin ich in unserem Zimmer einen Streit angezettelt und ihr an den Kopf geworfen habe, wie oft ich mir als Kind eine *normale* Mutter gewünscht hätte. Ich war nicht nett – und meine Mutter, die eh gerade mit so einigen Dingen zu kämpfen hat, war ziemlich fertig.«

Sunny sah traurig über die grünen Wiesen, die den Weg rechts und links umrahmten.

»Und nun ist Miss Taylor tot, und meine Mutter will nur noch so schnell wie möglich abreisen.«

Mags versuchte, sich in Sunnys Mutter hineinzuversetzen, aber es gelang ihr nicht. Sie selbst hatte vor allem Angst, irgendwann nicht mehr körperlich fit genug zu sein, um in ihrem Garten arbeiten zu können. Wie sie im Alter aussehen würde, spielte für sie kaum eine Rolle. Und da sie selbst ohne ihre Mutter aufgewachsen war, konnte sie auch Sunnys Sehnsucht nach Normalität nur schwer nachvollziehen. Eine ungewöhnliche Mutter war besser als gar keine.

Sunny kam zurück auf ihre ursprüngliche Frage.

»Wird es denn eine Beerdigung geben? Ich mochte Miss Taylor – sie hat mir zugehört und hat sofort verstanden, worum es in meinem Studium geht. In einem anderen Leben wäre sie vielleicht auch Wissenschaftlerin geworden. Zumindest hatte sie keine Angst davor, sich den Fakten zu stellen. Ich fände es traurig, wenn so ein besonderer Mensch keine Beerdigung bekäme.«

Nigel schaltete sich in das Gespräch ein.

»Ich denke, zunächst muss geklärt werden, ob sie dazu etwas hinterlassen hat. Darum wird sich die zuständige Behörde in ihrem Heimatort kümmern.«

»Sie kam aus Manchester.«

»Dann wird sie wohl dorthin gebracht werden.«

»Hatte sie denn gar niemanden?«

Sunny sah Nigel entsetzt an.

»Niemanden? Keine Angehörigen, keine Freunde?«

»So wie es aussieht, nicht. Ich hatte den Inspector gefragt, ob er mir eine Adresse für ein Kondolenzschreiben geben kann, und er meinte, bisher gäbe es keine Ergebnisse bei der Suche nach Verwandten oder Freunden.«

Mags schaltete sich ein.

»Sie hat mir erzählt, ihre Kollegen hätten ihr die Reise zu ihrer Verabschiedung geschenkt. Das ist ja schon ein großes Geschenk, sie muss dort Freunde gehabt haben.«

Nigel zuckte mit den Schultern.

»Davon sagte der Inspector nichts. Sie hat beim Gericht als Schreiberin gearbeitet, und das wohl fast fünfzig Jahre lang.«

»Bei Gericht? Sie sagte mir nur etwas von Verwaltung.«

»Ah, sie hat es mir aber erzählt, als wir uns gestern im Park unterhalten haben. Sie war eine der Personen, die unauffällig neben dem Richter oder der Richterin sitzen und alles Gesagte mitschreiben.«

»Das gibt es noch? Ich dachte, das funktioniert mittlerweile alles mit Technik?«

»Das habe ich sie auch gefragt. Sie sagte, es wäre bei bestimmten Verhandlungen und Strafsachen nicht zulässig, das Gesagte elektronisch aufzuzeichnen. Und dass ihr Mitschreiben zwei Funktionen gehabt hätte. Aufbewahren und bezeugen.«

Er sah in die Runde.

»Ich war etwas erstaunt, weil wir uns eigentlich zuvor über den Garten unterhalten haben und sie mir ohne ersichtlichen Grund ihren Beruf mitteilte. Aber so schien sie gewesen zu sein.«

Dann wandte er sich an Mags.

»Ich habe gesehen, dass Sie sich länger mit ihr unterhalten haben am ersten Abend. Hat sie Ihnen noch irgendetwas erzählt?«

»Nein. Wir haben über die Gärten gesprochen. Sie war aufgeregt, weil es ihre erste Reise war. Manchmal dachte ich, sie wollte mir noch mehr sagen, aber dann stand sie einfach auf und ging.«

»Aber sie hat Ihnen doch einen Brief geschrieben.«

»Einen Brief?«

Mags sah Nigel erstaunt an.

»Warum sollte sie mir einen Brief geschrieben haben? Wann?«

»Als ich morgens im Coachhouse Inn meinen Schlüssel abgeben wollte, habe ich gesehen, wie Miss Taylor einen Brief an der Rezeption aufgegeben hat. Sie war ziemlich nervös und fragte die Rezeptionistin mehrmals, wie viele Briefmarken sie benötigte und ob der Brief auch sicher abgeschickt werden würde. Und ich bin mir ganz sicher, dass Ihr Name auf dem Brief stand. Mrs Margarethe Blake. Ihr Heimatort heißt Rosehaven, oder?«

Er wurde etwas rot.

»Ich wollte nicht spionieren, aber es ist mir einfach ins Auge gefallen. Rosehaven, ein so schöner Name.«

»Ja, ja, das stimmt. Merkwürdig. Wir hatten uns doch erst am Abend zuvor unterhalten. Sie hat mir etwas über Wahrscheinlichkeiten erzählt und darüber, wie viele Menschen es in England gibt. Aber von einem Brief hat sie nichts gesagt. Auch gestern und heute nicht.«

»Manche Menschen bleiben wohl für immer ein Geheimnis.«

Er sah auf seine Uhr.

»Wir sollten umkehren, das Essen sollte um neunzehn Uhr aufgetragen werden.«

Mags nickte Nigel unauffällig zu, er nickte verstohlen zurück.

Sie hatten getan, was sie tun konnten. Jetzt hieß es abwarten.

24

SAM
ROSEHAVEN

»Guten Morgen!«

Eine fröhliche Stimme riss Sam aus dem Schlaf.

Es war die dritte Nacht in Folge, die Sam, mittlerweile unterstützt von einigen Freiwilligen, erfolglos damit verbracht hatte, sorgsam auf Küchentische, Fensterbretter und andere verlockend einfach zu erreichende Orte gestellte Kuchen und Pasteten zu bewachen. Nach der Aktion bei Mrs Rider war der Dieb nicht noch einmal im Dorf gesehen worden, allerdings waren gestern Morgen Mr Wells, dessen Hof etwas außerhalb von Rosehaven lag, ein Brot und zwei Gläser Honig abhandengekommen – und im Austausch hatte er einen hölzernen Löffel erhalten, dessen Stiel mit einem kunstvollen Wabenmuster verziert war.

Sam reckte sich und steckte seinen Kopf aus dem Baumhaus, das für diese Nacht sein Ausguck und Versteck gewesen war. Diesmal hatte er in weiser Voraussicht eine Decke, eine Thermoskanne und ein Paket mit zwei von Mrs Kelvins Pasteten dabeigehabt, so hatte er immerhin weder gefroren noch hatte sein knurrender Magen ihn verraten.

Unten vor dem Baum stand Jim, einen Becher mit

dampfendem Tee in der einen und eine verbeulte silberne Thermoskanne in der anderen Hand, im Gesicht ein fröhliches Grinsen.

»Komm runter, Sherlock. Die Sonne geht auf, und du wirst heute keine Kobolde oder Elfen mehr zu Gesicht bekommen. Die sind einfach zu schlau für dich.«

Sam seufzte, kletterte vorsichtig die schmale Leiter hinunter und nahm dankbar den Becher mit Tee entgegen.

Vorsichtig roch er daran, denn er hatte die Erfahrung gemacht, dass nicht alles, was Jim für genießbar hielt, auch ihm schmeckte. Der Tee roch halbwegs ungefährlich, trotzdem sah er Jim fragend an.

»Das ist Scharfgarbe, mit Brombeerblättern, Lindenblüten und Ringelblumen. Wächst unten am Fluss in rauen Mengen und ich habe mir schon einen großen Vorrat angelegt.«

»Was machst du hier so früh?«

»Ich bin gestern Abend aus Frankreich wiedergekommen und war auf ein Bier im Pub, da hat mir Mr Kelvin alles erzählt. Ein diebischer Elf im Rosehaven also? Und du versuchst, den Missetäter zu schnappen?«

»Ja.«

Jim schüttelte den Kopf und sah Sam nachdenklich an.

»Ich habe die Figuren gesehen. Sie sind wunderschön. Sie sind mehr wert als die Dinge, die er dafür nimmt. Und wie kommt ihr überhaupt darauf, dass es ein männlicher Elf ist?«

Da ein großer Teil von Jims Tauschgeschäften mit

den Dorfbewohnern daraus bestand, kleine Möbel zu tischlern oder Geschenke für Kinder oder Enkel herzustellen, wusste er die Schnitzereien zu schätzen. Das war Sam klar. Und ebenso klar war, dass Jim, der jeden Tauschhandel einer Bezahlung vorzog, den Täter verteidigen würde. Über die letzte Bemerkung würde er nachdenken müssen. Hatte er einfach angenommen, dass der Kuchendieb ein Mann war, oder hatte es dafür irgendwelche Hinweise gegeben, die er instinktiv wahrgenommen hatte? Er trank noch einen Schluck Tee und sah Jim dann nachdenklich an.

»Jim, ich finde die Figuren auch wunderschön, und sie haben ihren Wert, keine Frage. Ich würde jemandem dafür sogar mehr als nur einen Kuchen geben. Aber was meinst du, wie lange das noch gut geht? Oder was passiert, wenn der Elf weiterzieht und in das falsche Haus einbricht? Es ist gefährlich. Nicht überall ist es so friedlich wie hier. Nicht überall wird er – oder sie – auf ein Dorf treffen, das einen Elfen lieber durchfüttert, als ihn zu vertreiben. Was, wenn jemand meint, sein Haus gegen einen Einbrecher verteidigen zu müssen.«

»Wir sind hier nicht in Amerika.«

»Ja, ich weiß. Aber auch hier haben Menschen Waffen.«

Jim schien darüber nachzudenken.

»Und was, wenn du ihn oder sie erwischst?«

»Dann höre ich erstmals, was er oder sie zu sagen hat. Mr Kelvin will wissen, ob derjenige Hilfe braucht. Ich weiß nicht, was wir dann tun. Auf jeden Fall wollen wir niemanden bestrafen oder so.«

Sam versuchte das, was ihm in der Nacht durch den Kopf gegangen war, in Worte zu fassen.

»Und Jim? Ich glaube mittlerweile fast, dass derjenige auch eigentlich gefunden werden will. Oder zumindest dazugehören will. Die Geschenke, die Blumen, die überall auftauchen. Das Ganze wäre doch auch ohne all diese Mühe gegangen. Ich bin neugierig, was wir am Ende finden werden.«

Jim schien nicht überzeugt.

»Wie viele Nächte willst du noch hier auf einem Baum sitzen und warten?«

»Hast du eine bessere Idee?«

Jim sah Sam an und lachte dann leise.

»Nein, nein, das ist dein Fall. Mal sehen, wohin er dich bringt!«

Damit drehte er sich pfeifend um und ließ Sam müde stehen.

Sam lehnte das Fahrrad gegen die Hauswand seines Cottage und ging müde um die Hausecke. Er würde erst einmal Agatha und Arthur ihr Futter geben und sich dann noch mal aufs Ohr legen. Egal, wie spannend er die Jagd auf den Dieb fand, seine Agentin würde das nicht als Grund gelten lassen, mit der Abgabe seines neuen Buches in Verzug zu kommen. Sein Rechner wartete auf ihn, und erfahrungsgemäß würden zwei Stunden Schlaf, ein starker Kaffee und eine Schüssel mit Porridge ihn wieder so weit herstellen, dass er an den Schreibstich konnte. Falls er nicht vergessen hatte, die Haferflocken für das Porridge zu kaufen.

Pfeifend ging er durch den Garten und den kleinen Hügel hinauf, wo am Rand des Grundstücks der große Stall der beiden Gänse stand.

Agatha und Arthur begrüßten ihn mit der üblichen Verachtung. Er gab ihnen Futter und säuberte schnell mit einer Schippe den Auslauf.

»Sobald Mags wieder da ist, lasse ich euch raus. Aber ich befürchte, ohne eure Leitgans würdet ihr mir einfach abhauen, oder?«

Er ging zum Cottage, öffnete die Küchentür und blieb dann wie angewurzelt stehen.

Auf dem großen Küchentisch standen zwei Figuren aus Holz, zwei Gänse, bis ins kleinste Detail ausgearbeitet, die Flügel erhoben, die Köpfe gesenkt.

Sam fluchte leise und nahm dann vorsichtig eine der wunderschönen Figuren in die Hand. Dann sprach er die Frage aus, die ihm einfach keine Ruhe ließ.

»Wo versteckst du dich bloß?«

25

Mags fühlte sich schuldig, als sie sich durch die Hintertür der Pension vorsichtig davonschlich. Alle anderen waren damit beschäftigt, ihre Taschen zu packen und sie zu Mr Smiths Bus zu bringen. Dann würde es noch ein Frühstück geben, bevor sie alle zusammen in Richtung London aufbrechen würden. Für die meisten von ihnen wäre die Reise dann dort zu Ende, nur sie selbst, Clara und Eric würden zusammen mit Mr Smith und seinem Bus die Rückfahrt nach Cornwall antreten. Wenn alles gut ginge, würde sie heute Abend in ihrem eigenen Bett schlafen können. Daheim.

Doch bevor sie aufbrach, wollte sie noch einmal in den Garten. Und wenn auch nur, um ihm auf Wiedersehen zu sagen. Sich friedlich von ihm zu verabschieden, denn er trug keine Schuld an dem, was zwischen seinen Mauern und Hecken geschehen war.

Am Eingangsbereich waren die Mitarbeiter gerade damit beschäftigt, die Tore zu öffnen, und Mags versuchte, so unauffällig wie möglich an ihnen vorbeizukommen.

»Entschuldigen Sie? Mam?«

Einen Fluch unterdrückend drehte Mags sich um und setze ein, wie sie hoffte, charmantes Lächeln auf.

»Ja?«

»Einlass für Besucher ist erst in einer halben Stunde.«

»Oh, aber ich dachte …«

Mist. Sie überlegte kurz, dann beschloss sie, es einfach mit der Wahrheit zu versuchen.

»Wissen Sie, ich gehöre zu der Reisegruppe, die in der Pension wohnt, und wahrscheinlich haben Sie ja mitbekommen, dass eine meiner Mitreisenden im Garten gestorben ist? Wir reisen gleich ab – und ich, ich wollte mich noch einmal verabschieden.«

Sie musste ihm ja nicht erzählen, dass sie sich nicht von Anne Taylor, sondern vom Garten verabschieden wollte.

»Oh, ach so.«

Er schien kurz zu zögern und sah zum Haupthaus hinüber, dann zuckte er mit den Schultern.

»Dann gehen Sie rein – ich denke, das ist in Ordnung. Mein Beileid!«

Der Garten strahlte noch genau die gleiche Atmosphäre von Glück und Frieden aus wie am Vortag. Was auch immer im Liliengarten geschehen war, es hatte ihm nichts anhaben können. Mags atmete gerade auf, als sie hinter sich plötzlich eine Stimme hörte.

»Entschuldigen Sie – Sie gehören doch zu der Reisegruppe der Frau, die im Liliengarten …«

Mags drehte sich um und stand einer Frau gegenüber, die einen altmodisch geschnittenen Hosenanzug mit verstärkten Knien und vielen Taschen trug. Den großen ausgefransten Strohhut trug sie tief ins Gesicht gezogen, in der einen Hand hielt sie eine Gartenschere und in der anderen einen Strauß frisch geschnittener

Blumen. Grüne Augen blitzten unter dem Rand des Hutes hervor und blickten Mags neugierig an.

»Ja. Das stimmt.«

Mags musterte die Frau und kam zu dem Schluss, es wahrscheinlich mit einer ehrenamtlichen Helferin zu tun zu haben. Die angestellten Gärtnerinnen trugen alle die gleiche grüne Kleidung, und außerdem war die Frau vor ihr schon ziemlich in die Jahre gekommen.

»Mags Blake, angenehm.«

Die Frau lächelte Mags an, dann drehte sie sich leicht zur Seite, so dass sie einen freien Blick durch die Mittelachse des Gartens bis hinaus auf die Felder und Wiesen hatte. Die Morgensonne kleidete die ganze Landschaft in ein zartes Licht, und Mags merkte, wie ihre bisher angespannten Schultern langsam nach unten sanken.

Schweigend standen sie einige Minuten nebeneinander, eingehüllt in den Duft der frisch geschnittenen Blumen. Schließlich war es Mags, die als Erste wieder das Wort ergriff.

»Entschuldigen Sie, ich glaube, ich habe Ihren Namen nicht mitbekommen.«

»Oh, Namen.«

Die Frau schüttelte belustigt den Kopf und wandte sich Mags wieder zu.

»Das mit der toten Frau tut mir sehr leid. Ich wünschte nur, sie wäre nicht gerade hier im Garten gestorben.«

Mags sah erstaunt auf. Das, was die Frau gerade gesagt hatte, war erstaunlich dicht an dem gewesen, was sie selbst gefühlt hatte.

»Die Polizei sagt, es war Selbstmord.«

»Sagt sie das? Ich frage mich, warum jemand für den letzten Moment seines Lebens gerade den Liliengarten hätte wählen sollen. Er ist, verstehen Sie mich nicht falsch, er hat seine Berechtigung, und die Lilien sind wirklich hervorragend gewachsen, und es sieht alles genau so aus, wie es geplant war, aber der Liliengarten hat doch etwas sehr … Lautes? Offensives? Vielleicht sogar ein klein wenig Theatralisches? Stellen Sie sich einmal vor, Sie würden Ihre letzten Gedanken an diesem Ort haben. Mir wäre er zu laut, eindeutig zu laut. Nein. Der Liliengarten ist höchstens eine Bühne für ein Drama.«

»Aber wenn es kein Selbstmord war …«

»Wenn es kein Selbstmord war, dann war es Mord. Es sei denn, Sie glauben, jemand würde sich aus Versehen vergiften? Nein, das glauben Sie nicht, oder?«

Darüber musste Mags nicht lange nachdenken.

»Nein, das glaube ich nicht. Ich glaube, Anne Taylor wurde umgebracht.«

»Na, sehen Sie. Jetzt haben Sie es ausgesprochen. Und nun?«

Mags zuckte mit den Schultern, konnte ihrem Gegenüber aber anscheinend nichts vormachen.

»Seien Sie bloß vorsichtig.«

Mags wusste nicht, was sie darauf sagen sollte. Woher wusste die Frau neben ihr, dass sie etwas vorhatte, das möglicherweise Gefahr mit sich brachte?

Mags schloss die Augen und ließ die warme Sonne für einen kurzen Moment auf ihr Gesicht scheinen. Dann wandte sie sich wieder um.

Doch alles, was sie noch hatte sagen wollen, blieb ungesagt. Der Platz neben ihr war leer, die Gärtnerin einfach verschwunden.

26

Mags saß müde neben Mr Smith, der seinen Bus gleich nur noch die letzten Meter bis zu seiner Garage am Rande von Rosehaven fahren würde. Sie hatten Clara und Eric abgesetzt, und Mr Smith hatte es sich nicht nehmen lassen, Mags bis an die Abbiegung zu ihrem Cottage zu bringen.

Er hatte den Motor abgestellt und half Mags dabei, ihren Koffer aus dem nun leeren Kofferfach zu ziehen.

»Pass auf dich auf, Liebes.«

Mags sah erstaunt auf.

»Was meinst du?«

Mr Smith zog seine über die Jahre ausgeblichene und weich gewordene Kappe vom Kopf und fuhr sich mit der Hand durch die grauen Locken, die darunter zum Vorschein kamen.

»Ich meine, dass ich sehr wohl mitbekommen habe, dass du etwas vorhast. Stimmt doch, oder?«

Mags versuchte zu protestieren.

»Also das ...«

»Ich sage ja gar nicht, dass du es sein lassen sollst.«

Mags hatte das Gefühl, noch nie so oft unterbrochen worden zu sein, wie in den letzten Tagen. So langsam reichte es ihr.

»Maggie, ich verstehe, dass du etwas tun willst. Und ich verstehe, dass du nicht glaubst, dass sich Miss

Taylor selbst umgebracht hat. Ich glaube das auch nicht.«

Er sah über die Wiesen und dann wieder zu ihr. Dass er ihren Spitznamen aus Kindheitstagen benutzt hatte, nahm ihr sämtlichen Wind aus den Segeln. Sie erinnerte sich, wie sie schon mit ihrem Vater regelmäßig in Mr Smiths Werkstatt gekommen war, fasziniert von den Motoren, den Gerüchen und den unzähligen Werkzeugen, die an der Wand aufgereiht hingen wie Wäschestücke auf der Leine. In der Werkstatt hatte auch immer ein Glas mit Weingummi gestanden. Mit einem Mal hatte sie deren Geschmack auf der Zunge.

»Miss Taylor war vielleicht einsam, vielleicht auch traurig, aber sie hatte Pläne. Wollte rauskommen, hatte sich zu dieser Reise angemeldet. Als Annie gestorben war – in den ersten Monaten …«

Er brach ab und sammelte sich.

»In den ersten Monaten war ich noch nicht mal in der Lage, mir den nächsten Tag vorzustellen, geschweige denn den nächsten Monat, das nächste Jahr.«

Er schüttelte den Kopf.

»Ich bin kein großer Redner.«

Er seufzte.

»Ich wollte nur sagen: Pass auf dich auf – und wenn du Hilfe brauchst, wobei auch immer, dann sag Bescheid.«

Mags beugte sich vor und drückte ihm einen Kuss auf die faltige Wange.

»Danke. Ich weiß das sehr zu schätzen.«

Mr Smith zog die Mütze auf und stieg in den Bus. Auf halbem Weg drehte er sich ein letztes Mal um.

»Und erzähl um Himmels willen deinem Sam davon, ja?«

»Ja. Ja, das werde ich. Keine Geheimnisse.«

»Gut.«

Mit einem leisen Klicken sprang der Motor an, und Mags sah dem roten Bus hinterher, der sich seinen Weg durch die grünen Wiesen bahnte.

Dann hob sie ihren Koffer an und ging den Weg entlang, der sie zu ihrem Cottage bringen würde. Zu Sam. Nach Hause.

27

»Und du behauptest allen Ernstes, dass du weißt, wo unser geheimnisvoller Dieb sich versteckt?«

Mags nickte und drehte die beiden geschnitzten Gänsefiguren in ihren Händen. Sie lag, den Kopf in Sams Schoß, auf der Bank an der Südseite des Cottage in der Sonne und genoss das Gefühl, wieder zu Hause zu sein. Um sie herum summten und brummten die Bienen und Hummeln, die den Kletterrosen, die Mags neben den Sitzplatz gepflanzt hatte, einen Besuch abstatteten.

Sam hatte sie vor dem Cottage erwartet, und Mags war glücklich in seine Arme gesunken. Während Sam ihr in allen Einzelheiten von seinem Abenteuer erzählte und ihr lebhaft seine nächtlichen Ausflüge schilderte, beschloss sie, mit den Details ihrer eigenen Geschichte noch etwas zu warten. Sam würde von ihren Plänen nicht begeistert sein, und vielleicht würde sich am Abend ein besserer Zeitpunkt ergeben. Sie wusste, dass sie es aufschob, weil sie sich nicht sicher war, wie Sam reagieren würde. Aber sie wollte sich und ihm den ersten gemeinsamen Abend nicht verderben. Heute würde nichts passieren, die nächsten Tage würden zeigen, ob …

Sams Stimme riss sie aus ihren Gedanken.

»Aber woher willst du wissen, wo der schnitzende

Elf sich aufhält? Wir alle haben uns die letzten Tage den Kopf zerbrochen, alles abgesucht und keine Spur von ihm entdeckt. Und du meinst, du könntest dieses Rätsel im Handumdrehen lösen?«

Er klang mehr als nur eingeschnappt. Mags musste lächeln und blinzelte in der Sonne zu ihm hoch. Er hatte Farbe bekommen in den letzten Tagen, wahrscheinlich hatte er viel Zeit draußen im Garten verbracht und geschrieben. Wenn ihm das Dorf und Mr Kelvin mit der Geschichte von dem diebischen Elfen überhaupt Zeit dafür gelassen hatten.

»Was macht dein Buch?«

Sam zog die Stirn in Falten und schüttelte den Kopf.

»Lenk jetzt nicht ab. Wie willst du wissen, wo der Dieb ist?«

Mags richtete sich auf und setzte sich im Schneidersitz auf die Bank. »Mein Einfühlungsvermögen, meine große Intuition, vielleicht habe ich auch einfach das zweite Gesicht?«

Sam schnaubte nur.

»Rück damit raus – sonst verrate ich dir im Gegenzug nicht, was Mrs Kelvin heute Abend im Pub zu deiner Begrüßung auf die Speisekarte gesetzt hat.«

Mags lief das Wasser im Mund zusammen. Trotz des wahrlich guten Essens der letzten Tage freute sie sich diebisch, in wenigen Stunden vor einer von Mrs Kelvins Pasteten oder einer Schüssel mit Eintopf zu sitzen.

»Ich lass mich gerne überraschen.«

Mags grinste, als sie hörte, wie Sam mit den Zähnen knirschte.

»In Ordnung, schon gut. Es ist in Wirklichkeit sogar relativ einfach.«

Sie redete schnell weiter, da Sams Gesicht langsam rot wurde.

»Ich habe mich gefragt, aus welchem Holz die Figuren hier wohl geschnitzt sind. Und ich denke mir, es ist Linde. Und dann hab ich mich gefragt, wie euer Einbrecher an das Holz gekommen ist. Ich meine, niemand, der wahrscheinlich keinen festen Wohnsitz hat, schleppt mehrere Stücke feinsten, mehrere Jahre abgelagerten Holzes mit sich herum.«

Sam hatte sich aufgerichtet.

»Ich drehe Jim den Hals um.«

»Was?«

»Jim. Er hat die Figuren gesehen, und ich wette, er hat genau das Gleiche gedacht, was du mir jetzt erzählst.«

Mags lachte.

»Lass mich raten: Er hat den Mund gehalten und nichts gesagt. Außer, dass er es überhaupt nicht verwerflich findet, Essen, das im Überfluss vorhanden ist, gegen eine Holzfigur einzutauschen. Und dass ihr den Dieb in Ruhe lassen sollt?«

»So in etwas.«

»Wenn Jim die Figuren gesehen hat, dann weiß er sogar genau, wo der Dieb sich versteckt. Schließlich hat er geholfen, die Linde vor einigen Jahren zu fällen und das Holz einzulagern. Er hat als Lohn selbst etwas von dem Holz bekommen.«

»Rück schon damit raus.«

»Der große Sturm hat die alte Linde in Gullivers Garten umgeworfen, erinnert du dich?«

Sam schlug sich mit der Hand vor die Stirn, und Mags musste ein Lachen unterdrücken.

»Also erinnerst du dich. Jim und Gulliver haben den Baum zersägt und Gulliver hat das Holz in seinem Schuppen trocken eingelagert. Lindenholz eignet sich, wenn es ausreichend durchgetrocknet ist, hervorragend zum Schnitzen.«

Sam schüttelte den Kopf.

»Darauf hätte ich selbst kommen müssen. Welcher Ort wäre auch besser für nächtliche Diebestouren geeignet als der ummauerte Garten inmitten des Ortes? Ideal, um schnell aufzutauchen und schnell wieder zu verschwinden.«

Mags dachte an Sunny und daran, wie diese sich als Kind in einen geheimen Garten geträumt hatte.

»Ich glaube, der Garten ist vor allem ein sicherer Ort. Ein Ort, an dem man inmitten des Dorfes sein und sich trotzdem hinter hohen Mauern verstecken kann.«

»Und Gulliver ist für mehrere Wochen aus familiären Gründen in Schottland.«

Mags versuchte, bei dem Gedanken an ein ganz bestimmtes Schloss und seine Besitzerin nicht zu breit zu grinsen. Erst letzte Weihnachten hatte sie herausgefunden, mit wem Gulliver verwandt war und warum er nie über seine Familie sprach. Er hatte ihr zwar das Versprechen abgenommen, sein Geheimnis für sich zu behalten, aber das hinderte sie nicht daran, sich Gulliver neben einer in einem pastellfarbenen Kostüm und passendem Hut gekleideten Person vorzustellen, umgeben von einem Haufen wild kläffender Corgis …

Sam stand auf und streckte ihr die Hand entgegen.

»Na, dann los!«

Mags ergriff seine Hand und ließ sich hochziehen.

»Nach Ihnen, lieber Watson.«

28

»Was machst du denn da?«

Mags stand mit Sam vor Gullivers Haus und sah erstaunt zu, wie ihr Mann versuchte, über die hohe Mauer zu klettern. Es war kurz vor achtzehn Uhr, und die Dorfbewohner saßen wahrscheinlich alle in ihren Küchen oder Gärten, um zu Abend zu essen oder die Sportnachrichten zu schauen. Mags versuchte, möglichst leise zu sprechen, wohingegen Sams Stöhnen und Ächzen weithin zu hören sein mussten.

»Na ja, wir müssen doch irgendwie in den Garten gelangen, oder?«

»Ja, müssen wir. Aber ich fände es doch weitaus bequemer und vor allem leiser, wenn wir dafür den hier benutzen würden.«

Sie zog etwas aus ihrer Tasche, und Sam ließ von der Mauer ab.

»Du hast einen Schlüssel?«

»Sam, Süßer, ich habe wahrscheinlich die größte Sammlung an Schlüsseln zu Gärten hier in der Gegend, die man sich vorstellen kann. Gulliver ist zwar kein Kunde des Evergreen Gartenservice, aber er hat mich gebeten, ab und an nach dem Rechten zu sehen und bei Trockenheit seine Blumen zu gießen.«

Sam sah auf den eben entstandenen Riss in seiner Hose und dann zu Mags.

»Hättest du das nicht ein ganz wenig früher sagen können?«

»Du bist einfach losgestürmt!«

Mags schüttelte den Kopf.

»Und jetzt sei bitte leise. Obwohl ich nicht glaube, dass dich irgendjemand im Umkreis von einem Kilometer hätte überhören können.«

Mags trat zu der unter wildem Wein halb verborgenen Pforte in der Mauer und drehte den Schlüssel im gut geölten Schloss. Gulliver schätzte seine Privatsphäre und ließ seine Gäste meistens durch die Pforte in den Garten, anstatt den Weg durch das Haus zu nehmen.

»Ich liebe diesen Ort.«

Sie betraten den Garten. Gulliver hatte ihn nach und nach von Unkraut und Gestrüpp befreit, die alten Wege frei gelegt und die Bäume ausgelichtet. An vielen Stellen des Pfarrgartens führten Wege zu Nischen oder Sitzecken. Es gab alte Holzfässer, die zu Gartenteichen umgebaut worden waren, und von Moos völlig überwucherte Steine. Gulliver legte keinen Wert darauf, Gemüse oder Kräuter anzubauen, vielmehr waren viele der Pflanzen nach Farbe und Form der Blätter ausgewählt. Es gab viele Farne, und alles roch nach Wald und Erde.

Sam, der noch nicht so oft wie Mags in Gullivers Garten gewesen war, sah sich um.

»Wo ist der Schuppen?«

»An der rechten Seite des Hauses.«

Gemeinsam gingen sie darauf zu.

»Da – siehst du das?«

Sam zeigte auf einen Tisch, der unter einem der Bäume stand und zu dessen Füßen Späne aus hellem Holz lagen.

»Du hattest recht!«

»Und jetzt?«

Sam blieb stehen und räusperte sich.

»Hallo? Wir würden gerne mit Ihnen sprechen. Wir kommen in Frieden.«

Mags musste ein Lachen unterdrücken.

»Wir kommen in Frieden? Du spinnst ja, wir sind hier doch nicht im Wilden Westen oder bei Star Trek.«

Sie sah, wie Sam rot wurde.

»Was Besseres ist mir nicht eingefallen.«

»Hallo – ich bin Sam, das ist Mags, meine Frau. Wir würden gerne wissen, wer die schönen Figuren schnitzt.«

Mags horchte auf, als aus dem Schuppen ein leises Poltern zu hören war.

»Da ist jemand.«

Sam ging noch einige Schritte weiter.

»Ich würde gerne …«

Weiter kam er nicht, weil in diesem Moment die Tür des Schuppens aufging und eine dunkle Gestalt an ihm vorbeilief. Im Gegensatz zu Sam schaffte sie es, blitzschnell über die Mauer zu klettern, und war innerhalb von wenigen Sekunden verschwunden.

»Tja …«

Mags, die das Ganze mit großen Augen beobachtet hatte, sah zu Sam.

»Das war wohl nichts. Konntest du sein Gesicht sehen?«

Sam schüttelte den Kopf.

»Nur schemenhaft. Dunkle Haare, ein Mann, fast noch ein Junge.«

Er sah zu der Mauer.

»Wie hat er das gemacht?«

»Muskeln? Geschicklichkeit?«

Sie spürt Sams Blick und beschloss, lieber zu schweigen.

»Lass uns mal in den Schuppen schauen, ja?«

Gullivers Schuppen war vielleicht drei Meter lang mal zwei Meter breit und an die Seite des Hauses gebaut. Als Mags durch die offene Tür schaute, sah sie, dass sich jemand auf dem Boden mit einer Isomatte und einem Schlafsack ein Lager gebaut hatte. Neben der Matte erkannte sie einige schon fertig geschnitzte Figuren, auf einem Stapel Holz lag eine Metalldose, daneben einige Flaschen Limonade, zwei Comics und eine Tüte mit Weingummis. Von einem Seil an der Decke hing eine Taschenlampe.

»Er hat sich hier eingerichtet.«

Sam war neben Mags getreten und ergriff ihre Hand.

»Es muss ganz schön kalt und einsam sein.«

Mags schwieg. Sie konnte den Blick nicht von dem zerschlissenen Teddy abwenden, der halb aus dem Schlafsack hervorguckte. Sie musste schlucken.

»Wir lassen alles so, wie es ist.«

»Ja.«

»Ich sehe kurz nach, ob die Türen zum Haus verschlossen sind, ja?«

Mags nickte. Als sie Sam nicht mehr hinter sich

spürte, griff sie in ihre Tasche und zog einen Stift und das kleine Notizbuch heraus, das sie immer bei sich herumtrug. Sie dachte nach, schrieb einige Wörter auf eine Seite, riss sie heraus und schob sie nach kurzem Zögern zu dem Kuscheltier in den Schlafsack. Dann schloss sie die Tür des Schuppens und suchte Sam, um mit ihm den Garten zu verlassen.

29

Der Weg vom Pfarrhaus zum Golden Budgie war nicht weit, und Sam und Mags legten ihn schweigend zurück.

Kurz vor dem Pub blieb Sam stehen.

»Ein halbes Kind, oder?«

Mags nickte.

»Wir müssen ihm helfen.«

»Wenn er sich helfen lassen will. Ich hoffe, wir haben ihn nicht so erschreckt, dass er nicht zurückkommt.«

Mags dachte an den abgegriffenen Bären und schüttelte den Kopf.

»Er wird seine Sachen haben wollen und wird bestimmt nachsehen, ob wir alles dagelassen haben. Vielleicht …«

Die Tür zum Pub wurde geöffnet, und mit dem Lichtschein drangen auch lautes Lachen und der Geruch von würzigem Essen auf die Straße.

»Lass uns reingehen.«

Als Mags hinter Sam den Pub betrat, blieb sie wie angewurzelt stehen.

Am Tresen konnte sie eine Gruppe von Menschen stehen sehen, mit der sie so nicht gerechnet hatte.

»Mrs Blake!«

Nigel Bloomfields laute Stimme schallte ihr entgegen, und der kleine Mann kam mit ausladenden

Schritten auf sie zu. Hinter ihm konnte Mags die Hamiltons, Carmen Fernandez und Edwin Mawson sehen. Alle hielten ein Glas in der Hand und lächelten sie an.

»Überraschung! Sie haben mir so begeistert von Ihrem Heimatdorf erzählt – und da dachte ich mir, Nigel, warum genießt du deine freien Tage nicht einfach in Cornwall? Und da es immer mehr Spaß macht, gemeinsam unterwegs zu sein, habe ich die anderen gefragt, ob sie nicht mitkommen würden. Und schwups, haben wir uns heute Morgen kurzerhand einen Wagen gemietet und sind losgefahren. Mrs Clara war so freundlich, uns eine Unterkunft zu vermitteln. Was sagen Sie?«

Mags sagte erst einmal nichts dazu, sondern stellte Sam den anderen vor und war froh, als ihr Mr Kelvin ein Bier in die Hand drückte.

Sam schaffte es nach einiger Zeit, sich von Mr Bloomfield loszueisen, und beugte sich zu Mags herunter.

»Das ist doch kein Zufall, oder? Hast du etwas damit zu tun, dass sie hier sind?«

»Psst – das erzähle ich dir nachher.«

Sie hätte wirklich schon am Nachmittag mit Sam sprechen sollen. Aber gerade war dafür kein guter Zeitpunkt, also gab sie ihm einen schnellen Kuss und hoffte, er würde es verstehen.

Danach wurde sie von den Hamiltons in Beschlag genommen, die fröhlich über die von ihnen in den nächsten Tagen geplanten Gartenbesuche plauderten.

Carmen Fernandez versuchte am Tresen, Mr Kelvin das Rezept für die Pastete zu entlocken, die sie gerade gesessen hatten, und Edwin Mawson saß einträchtig schweigend neben Albert dem Fischer und beobachtete alles stumm.

Mags dachte an die, die in der Runde fehlten, und sah Nigel fragend an.

»Wo sind denn Sunny und ihre Mutter?«

»Mrs Doobs wollte lieber mit Sunny nach Paris fliegen. Sie lässt herzliche Grüße ausrichten, aber sie habe genug von Gärten und den Engländern und brauche eine Pause.«

Mags lachte.

»Das hat Patricia Doobs niemals so gesagt.«

»Sie haben mich erwischt. Sie lässt sich entschuldigen, sendet die herzlichsten Grüße, hofft auf ein Wiedersehen und musste leider geschäftlich nach Paris, um sich mit einem Investor zu treffen. Sie liebt die Engländer, die Gärten und uns sowieso. Alles andere war nur ein Versuch von mir, das Gesagte zu übersetzen.«

Mags lachte und sah ihn dann ernst an.

»Konnten Sie vielleicht in dem Gespräch erfahren, ob Mrs Doobs schon früher einmal in England oder vielleicht sogar in Manchester gewesen ist?«

Sie hatte etwas leiser gesprochen, und ihr Gegenüber tat es ihr gleich.

»O ja, durch Zufall kamen wir darauf. Es ist Mrs Doobs' erster Besuch hier bei uns, sie sagte, sie sei die letzten Jahre so mit Arbeit und Sunny beschäftigt gewesen, dass sie kaum zum Reisen gekommen sei.«

»Ah. Ich war mir nicht sicher, ob sie vielleicht doch Verbindungen hierher hat. Mir ging das Streitgespräch mit Laurie Hamilton nicht aus dem Kopf.«

»Die Internatsgeschichte? Da konnte die liebe Sunny mir weiterhelfen. Ihre Mutter war wohl als Kind selbst in einem Internat – ihr Großvater, der mit dem Öl und dem Geld, hatte sich anscheinend in den Kopf gesetzt, der kleinen Patricia müssten die richtigen Umgangsformen beigebracht werden, und sie wurde für mehrere Jahre auf ein Internat in Neuengland geschickt, mehrere Tausend Kilometer von zu Hause entfernt. Sunny zufolge war es eine furchtbare Zeit für ein Mädchen aus dem Süden, mit breitem Akzent und einem bis dahin sehr freien Leben auf einer Ranch.«

Er sah Mags lächelnd an.

»Und ich möchte dazu sagen, dass ich ihre Ausführungen recht glaubhaft fand. Allerdings kann ich nicht mit Sicherheit sagen, ob die beiden Frauen auch wirklich in ein Flugzeug nach Paris gestiegen sind. Aber ich habe einen Kontakt aktiviert, der mir versprochen hat, das herauszufinden.«

Mag nickte und fragte sich wieder, was Nigel wohl vor seiner Pensionierung so gemacht hatte. Auf ihre Fragen hatte er bisher immer nur mit einem für ihn typischen Lächeln reagiert und etwas von *Sicherheitsbranche* gemurmelt. Sie würde ihre Neugierde wohl noch etwas zügeln müssen, derzeit gab es dringendere Fragen zu beantworten. Nachdenklich sah sie zu den übrig gebliebenen Teilnehmern ihrer kleinen Reisegruppe.

»Und da waren es nur noch vier.«

Mags und Sam ließen den Bus stehen und machten sich zu Fuß über den schmalen Uferweg und die Felder entlang zu ihrem Cottage auf. Es war fast Vollmond, und das Licht reichte aus, um ihren Weg sicher machen zu können. Mags hatte für solche Fälle auch immer eine kleine Taschenlampe dabei, aber gerade genoss sie die Stimmung, die das Mondlicht verbreitete. Außerdem würde sie Sam gleich erzählen müssen, was es mit dem Auftauchen der Teilnehmer in Rosehaven auf sich hatte, und vielleicht wäre es ganz gut, wenn ihr Gesicht dabei etwas im Schatten bleiben könnte.

»So, rück raus damit. Was ist los? Auf einer Skala von eins bis zehn – wie sauer werde ich sein, und wie viel Angst muss ich um dich haben?«

Mags zögerte kurz.

»Ich befürchte, diesmal habe ich in beiden Kategorien die volle Punktzahl erreicht.«

Sam blieb stehen.

»Dich hat der Tod von Anne Taylor ganz schön mitgenommen, oder?«

Mags blieb stehen und nickte.

»Weil sie sich nicht umgebracht hat.«

Sie wartete. Sie würde nicht mehr sagen, hatte keine Lust, sich zu erklären oder wieder in die Defensive gedrängt zu werden.

Sam schwieg kurz, dann fuhr er fort.

»Gut, kein Selbstmord also. Das heißt, es war Mord. Und du hast einen Verdacht?«

Mags merkte, dass sie zwischenzeitlich die Luft angehalten hatte. Aber Sam glaubte ihr – und die Erleichterung darüber trieb ihr fast die Tränen in die Augen. Sie räusperte sich kurz.

»Ja. Oder nein. Aber ich weiß, dass es jemand aus der Gruppe gewesen sein muss. Hör zu.«

Und sie erzählte ihm alles, was in den letzten Tagen passiert war und was sie herausgefunden hatte. Sam hörte ihr zu.

Dann machte sie eine Pause.

»Und jetzt kommt der Teil, bei dem du wahrscheinlich sauer auf mich sein wirst.«

Sie erzählte Sam, was sie beschlossen hatte, nachdem weder der Inspector noch Eric ihr hatten helfen wollen.

»Ach Mags!«

Sam war wieder stehen geblieben, sie konnte spüren, dass er versuchte, seinen ersten Impuls unter Kontrolle zu halten. Dann überraschte er sie.

»Das ist sehr mutig von dir. Vielleicht zu mutig, zu tollkühn. Aber ich befürchte …«

Er machte eine Pause und sah sie an.

»Ich befürchte, es ist das Richtige.«

30

Am nächsten Morgen brach Sam früh auf, um den Bus aus dem Dorf zu holen und dann weiter nach Truro zu fahren. Er hatte einen Termin an der dortigen Universität, an der er ab und zu Vorträge gab oder als Vertretung einsprang.

Im Dorf angekommen schloss er den Bus auf und fuhr die kurze Strecke bis zu Mrs Millers Laden. Wie so oft enthielt der Kühlschrank im Cottage außer Milch nicht viel, und sein Magen knurrte laut und vernehmlich. Mags und er sollten wirklich mal einen Plan aufstellen, wer wann einkaufen gehen musste.

Als er vor dem kleinen Laden aus Mags' Bus kletterte, traf er wieder auf die Hamiltons und Carmen und Edwin, die ihm mit einer Tüte voller Muffins entgegenkamen.

»So früh schon unterwegs?«

Laurie Hamilton lächelte Sam an und biss dann genüsslich in einen Muffin.

»Ich hoffe, Sie haben mir noch welche übrig gelassen. Ich muss heute nach Truro – und brauche dringend Fett und Zucker.«

»Ein oder zwei Muffins müssten noch im Laden sein. Was für ein bezaubernder Ort.«

Carmen wies mit der Hand zurück auf den Laden.

»Es gibt da drinnen alles, und sogar ein Regal mit

Süßigkeiten, die man einzeln entnehmen kann! So etwas habe ich das letzte Mal als Kind gesehen.«

»Und haben Sie zugegriffen?«

Carmen zog eine Tüte aus ihrer großen Umhängetasche und grinste Sam an.

»Natürlich. Wo ist denn Mags?«

»Oh, die bleibt heute zu Hause und genießt den freien Tag, bevor es morgen wieder losgeht. Sie wollte in Ruhe im Garten arbeiten. Ich bin ganz froh, dass ich einen Termin habe, sonst hätte sie mich innerhalb von Sekunden zum Unkraut jäten verdonnert.«

Er sah in Richtung Laden.

»Ist Mr Bloomfield noch da drin und bezirzt Mrs Miller?«

Percy Hamilton schüttelte den Kopf.

»Nigel hat irgendetwas von einheimischen Kräutern und Hochmooren gemurmelt und ist verschwunden. Und wir machen uns gerade auf den Weg nach Shelter Gardens. Mags hat es uns gestern empfohlen und auch schon eine Führung mit dem ehemaligen Gärtner für uns arrangiert.«

»Mit Mr Little? Ein phantastischer Mensch – Sie werden es genießen. Hat Mags Ihnen eigentlich erzählt, dass sie und ich uns dort das erste Mal über den Weg gelaufen sind?«

»Wirklich? Nein, das hat sie nicht erwähnt.«

»Ach, es ist eine längere Geschichte. Wie wäre es, wenn ich Ihnen alles heute Abend erzähle, bei einem Glas Wein? Sie können zu Mags und mir in den Garten kommen.«

»Sehr, sehr gerne.«

Er winkte den vieren zum Abschied, als sie in Richtung eines großen Leihwagens davongingen, und betrat dann Mrs Millers Laden.

»Guten Morgen, Sam.«

Mrs Miller stütze sich auf ihrem Tresen auf, wie sie es schon seit Jahrzehnten tat, wenn sie ein Schwätzchen mit einem ihrer Kunden halten wollte. Sam kam näher. Der Laden hatte nicht nur die besten Muffins und das besagte Süßigkeitenregal zu bieten, sondern war auch die unumstrittene Nachrichtenzentrale im Dorf. Zumindest so lange, wie Mr Kelvins Pub noch nicht geöffnet war.

»Hast du gehört, dass es wieder einen Einbruch gegeben hat?«

»Nein, wo?«

Sie machte eine Kunstpause.

»Nebenan. Direkt nebenan! Der Postraum ist durchwühlt worden.«

Rosehaven hatte schon seit Jahren keine eigene Post mehr, ein Schicksal, das ihr Dorf mit unzähligen anderen in England teilte. Aber da es noch immer Bewohner in Rosehaven gab, die sich ihre Pensionen lieber einmal die Woche bar auszahlen ließen, anstatt sie auf ein Konto anweisen zu lassen, hatte man kurzerhand einen leer stehenden Raum direkt neben dem Dorfladen von Mrs Miller zu einem Postraum umgestaltet. Dort wurde nicht nur jeden Freitag zwischen zehn und zwölf Uhr die Kasse aufgebaut, sondern auch Pakete und Post eingelagert.

»Wirklich?«

Sam merkte, wie sein Puls schneller wurde.

»Ja. Alles wurde durchwühlt, und die Kasse ist gestohlen worden. Nicht, dass da viel drin war, die Gelder sind im Tresor eingeschlossen. Aber das wusste der Dieb vielleicht nicht.«

»Hat er etwas zurückgelassen?«

»Ja, eine Figur. Die zeigt wohl irgendeinen Vogel. Keine Ahnung, was das bedeuten soll. Aber Sam?«

»Ja?«

»Wir mussten die Polizei benachrichtigen – immerhin ist es ein offizieller Raum der Royal Mail, und da blieb uns nichts anderes übrig.«

Sam nickte. Er hoffte nur, dass der junge Mann sein Lager in Gullivers Garten mittlerweile geräumt hatte.

»Was ist mit der Post von heute?«

»Die wird doch morgens immer direkt zu Jonny nach Haus gebracht. Damit er sich einen Weg spart.«

Jonny war Rosehavens Postbote und wohnte etwas außerhalb, nicht weit entfernt von Sam und Mags Cottage, in einem kleinen Haus, wo er Kaninchen und Hühner züchtete.

Sam griff hektisch nach seiner Tüte mit den Muffins.

»Ich muss los.«

Er stieg in den Bus und versuchte, seine aufsteigende Nervosität zu unterdrücken. Mags hatte den Einbruch vorausgesagt und recht behalten. Er hoffte nur sehr, dass sie wirklich nicht in Gefahr war. Fluchend ließ er den Motor an und fuhr die schmale Dorfstraße hinauf bis zu der Kreuzung, an der ihn die rechte Abzweigung nach Truro bringen würde. Er warf einen kurzen Blick in den Rückspiegel, setzte den Blinker und fuhr los.

31

Mags balancierte vorsichtig ihren bis zum Rand mit Tee und Milch gefüllten Becher in der einen und den Teller mit Keksen in der anderen Hand über den gekiesten Gartenweg. Sie wusste, dass Kekse nicht gerade das perfekte Frühstück waren, aber zum einen war die einzige essbare Alternative im Küchenschrank eine Tüte mit Trockenpflaumen gewesen, und zum anderen mochte sie nun mal Kekse ausgesprochen gerne. Besonders solche mit Schokolade und Nüssen. Eben genau wie die, die sie gerade in dem dicken Keksglas gefunden hatte. Woher Sam sie auch haben mochte, sie waren gut, verdammt gut. Fast, aber auch nur *fast* so gut wie die von Miss Clara, doch Mags konnte zugeben, dass sie da parteiisch war. Sie stellte die Kekse auf den Tisch und blieb noch einen Moment mit der Teetasse in der Hand stehen, um über ihren Garten zu blicken. In den Tagen ihrer Abwesenheit hatte sich einiges getan, was aber im Mai und bei den warmen und sonnigen Tagen auch zu erwarten gewesen war. Sie seufzte, als sie sah, dass nicht nur ihre Blumen und Pflanzen, sondern eben auch das ungeliebte Unkraut herrlich gewachsen war. Sie würde sich darum kümmern müssen, aber nicht heute.

Nach einem letzten Blick über den Garten setzte sie sich. Schon nach wenigen Minuten waren die Geräusche eines kleinen Motorrollers zu hören – Jonny, der Postbote, fuhr den Weg zum Cottage entlang und kam ums Haus zu ihr in den Garten.

»Bei mir ist heute eingebrochen worden.«

Er stellte seine Posttasche neben sich auf den Boden und ließ sich neben Mags in einen der Stühle fallen.

»Was? Bei dir zu Hause?«

»Also nein, nicht in meinem Haus. Aber im Postzimmer neben Mrs Millers Laden. Die Tür war aufgebrochen, es ist alles durchwühlt worden – und Mrs Miller hat eine dieser Holzfiguren auf dem Fußboden gefunden.«

»Fehlt etwas?«

»Die Kasse, aber in der war nur Kleingeld. Sonst weiß ich noch nicht. Ich muss erst meine Tour machen, dann sehe ich mir nachher alles an. Zum Glück wird die Post ja direkt bei mir abgegeben. Für dich.«

Er angelte einen Brief aus seiner Tasche und reichte ihn ihr. Jemand hatte in fein säuberlicher Schrift Mags Namen und Adresse geschrieben und eine Menge Briefmarken draufgeklebt. In der linken oberen Ecke stand in der gleichen Handschrift der Absender.

Anne Taylor, Coachhouse Inn.

Mags Hand zitterte.

Jonny, der neben seiner Freundlichkeit auch dafür bekannt war, seinen Job als Postbote dafür zu nutzen, seine nicht unerhebliche Neugierde zu stillen, sah sie erwartungsvoll an.

Sie legte den Brief neben sich auf den Tisch und griff wieder zu ihrer Teetasse.

»Ach, sicher nichts Wichtiges. Ich lese es nachher. Du wirst es bestimmt eilig haben, deine Tour zu beenden und nach Rosehaven zu kommen, oder?«

»Ja, ja natürlich.«

Er stand auf und schulterte seine Tasche.

»Bis morgen, Mags.«

»Bis morgen, Jonny.«

Mags winkte ihm zu. Sie sah, wie er um die Ecke bog, hörte das Geräusch seines startenden Rollers und sah ihn wenige Minuten später die schmale Einfahrt zum Cottage hinauffahren.

Es war also so weit.

Gerade, als sie wieder nach dem Brief greifen wollte, hörte sie hinter sich eine Stimme.

»Das würde ich an deiner Stelle nicht tun.«

Mags schloss kurz die Augen. Sie kannte die Stimme. Dann drehte sie sich langsam auf ihrem Stuhl um.

Vor ihr stand Carmen Fernandez, ein Lächeln im Gesicht, als könnte sie kein Wässerchen trüben. Eine Hand streckte sie nach dem Brief aus, die andere steckte in der großen Tasche, die über ihrer Schulter hing. Mags beschloss, nicht näher darüber nachzudenken, was in der Tasche war.

»Was willst du denn hier?«

»Ich hatte gehofft, diesen Brief in die Hände zu bekommen, bevor du ihn siehst. Ich habe gestern extra euer kleines Postamt durchwühlt – aber da war er nicht.«

»Er ist von Anne Taylor.«

»Ja. Ich habe gehört, wie Nigel Bloomfield davon

erzählt hat. Und ich hatte ja eigentlich die Hoffnung, ihn heute Nacht schon in die Finger zu bekommen. Dann könnte ich mir mit Edwin und den Hamiltons entspannt einen Garten ansehen.«

Mags drehte den Brief in ihren Händen.

»Du warst das im Postraum? Die Briefe werden aber immer direkt an unseren Postboten geliefert, dann spart er sich einen Weg und kann seine Tour von seinem Haus aus starten.«

Carmen seufzte.

»Ah, das erklärt es. Manchmal vergesse ich, dass die Dinge auf dem Dorf doch anders gehandhabt werden als in der Stadt. Vielleicht hätte ich einfach den Postboten zu Hause überfallen sollen, aber jetzt kann ich die Sache ja auch so klären. Gib mir den Brief.«

Mags hielt ihn hoch und ließ dann ihre Hand wieder sinken.

»Was steht in dem Brief?«

»Du willst ihn lesen?«

Mags schüttelte den Kopf.

»Eigentlich nicht. Aber ich will wissen, was Anne Taylor getan hat, dass sie sterben musste.«

Sie schluckte.

»Und ich glaube, das kannst du mir erzählen, oder?«

Mags sah Carmen an. Hoffentlich …

»Du bist neugierig, oder? Ich habe über dich gelesen, im Internet, da wimmelt es ja nur so von Artikeln, in denen dein Name vorkommt. Du hast schon mehrmals deine Nase in Verbrechen gesteckt. Nicht immer ohne Gefahr, oder?«

Mags dachte kurz an die schweren Verletzungen, die sie erlitten hatte, als sie den Mörder ihres Vaters gestellt hatte. Die Schulter war mittlerweile verheilt, und so wie es aussah, auch einige der seelischen Wunden. Zumindest konnte sie ihre Angst unter Kontrolle halten und Carmen weiterhin ins Gesicht sehen.

»Was hat Anne Taylor getan?«

Carmen musterte Mags und schien zu einer Entscheidung gekommen zu sein.

»Sie hat mich erkannt.«

»Erkannt.«

Lass sie weiterreden, lass sie bitte weiterreden. Aber Carmen sah Mags nur an, wie eine Lehrerin eine Schülerin ansehen würde, die gerade dabei war, eine schwierige Rechenaufgabe zu lösen. Mags würde also mitspielen müssen.

»Sie hat als Gerichtsschreiberin gearbeitet, oder?

»Ja.«

»Das heißt, sie kannte dich, weil du in ihrem Gerichtssaal gesessen hast?«

»Ja.«

»Als Angeklagte?«

»Nein, ich doch nicht.«

Sie lachte schrill und Mags wusste in diesem Moment, dass hinter der energiegeladenen und fröhlichen Fassade Carmens etwas weitaus Gefährlicheres lauerte. Aber sie würde weitermachen müssen.

»Als Opfer?«

»Mags, jetzt beleidigst du mich fast. Sehe ich aus wie ein Opfer? Denk nach.«

»Als Zeugin also. Du warst Zeugin in einem Prozess, bei dem Anne Protokoll führte.«

»Bingo.«

»Aber warum ...«

»Ich erzähle es dir, ja? Einfach, weil ich dich mag und weil mir das, was passieren wird, jetzt doch irgendwie leidtut.«

Mags schluckte, versuchte aber, ihren Blick nicht von Carmen zu lösen. Solange sie weitersprach ...

»Nicht ich war angeklagt, sondern ein junger Mann. Er war gerade Mitte zwanzig, und mit seiner Frau, die zufälligerweise über ein ziemlich großes Vermögen verfügte, auf Hochzeitsreise in Spanien. Ich habe damals in dem Hotel gearbeitet, wo die beiden ihre Flitterwochen verbringen wollten. Er war ein sehr schöner Mann, so höflich. Er hielt seiner Frau die Tür auf und las ihr jeden Wunsch von den Augen ab.«

Carmens Stimme verlor sich in Erinnerungen. Mags ließ unauffällig ihren Blick über den Garten gleiten, fixierte dann aber schnell wieder die Frau vor ihr.

»Doch dann geschah das Unglück. Die beiden waren allein in der Bucht am Hotel. Seine Frau schwamm hinaus und ertrank. Der junge Mann wurde angeklagt. Man glaubte ihm nicht, dass seine Frau einfach so ertrunken war. Sie verdächtigten ihn, sie ermordet zu haben. Er hat viel Geld geerbt durch ihren Tod. Es gab einige Briefe, in denen er seinen Schuldnern versprach, bald an viel Geld zu kommen. Und die Gerichtsmedizin hat Würgespuren gefunden.«

»Er hat sie umgebracht?«

Carmen reagierte nicht und sprach einfach weiter.

»Aber zum Glück habe ich von dem Prozess gehört. Ich bin zur spanischen Polizei gegangen und habe ausgesagt. Und dann bin nach England gefahren und habe noch mal ausgesagt. Im Gerichtssaal saß Miss Taylor, vor sich eine kleine Maschine, und tippte alles mit. Sie konnte tippen, ohne hinzusehen, und ihre Augen waren die ganze Zeit auf mich gerichtet. Eine merkwürdige Frau. Sie gab mir als Einzige das Gefühl, mir nicht zu glauben.«

Mags hörte Agatha und Arthur in ihrem Gehege schnattern, aber sie hatte dafür gesorgt, dass die Gänse unter keinen Umständen ausbrechen konnten.

»Ich habe erzählt, wie ich alles von einem Platz oberhalb der Bucht beobachtet hätte. Ich hätte mich an dem Tag rausgeschlichen, um heimlich eine Zigarette zu rauchen. Die Chefin sah das nicht gerne. Und ich hätte gesehen, wie die Frau rausgeschwommen war, allein. Viel zu weit. Wie sie plötzlich untergegangen wäre, während ihr Mann noch auf dem Handtuch lag. Wie er versucht hätte, sie zu retten. Um Hilfe rief. Zu ihr schwamm. Verzweifelt nach ihr griff, sie versuchte, irgendwie festzuhalten.«

Ein Rascheln im Busch. Ein Vogel, ein Gartenrotschwanz, der aus seinem Versteck aufflog.

»Meine Aussage bewies, dass es kein Mord war, sondern ein tragischer Unfall. Und der junge Mann kein Mörder. Die Spuren am Hals seiner jungen und reichen Frau nur Zeichen seines verzweifelten Versuches, sie an Land zu ziehen.«

»Aber …«

Mags versuchte zu verstehen, was Carmen ihr erzählt hatte.

Dann sah sie auf.

»Der Mann war Edwin?«

»Er ist immer noch schön, oder?«

»Und das, was du am Strand gesehen hast …«

»Oh, wer würde nicht einer jungen, unbedarften Spanierin glauben, die lange nichts gesagt hatte aus Angst, ihren Job zu verlieren? Und die dann ihren ganzen Mut zusammengenommen hat, weil sie es nicht ertragen konnte, dass ein Unschuldiger angeklagt wurde.«

Ihr Gesicht verzog sich zu einem hämischen Lächeln. Jetzt war sie nicht mehr schön, jetzt war die Energie, die sie ausgestrahlt hatte, in etwas Bösartiges umgeschlagen.

»Ich reiste ihm nach, ich sagte aus, und ich reiste zurück.«

Sie schien wieder aus der Vergangenheit aufzutauchen.

»Kurz darauf kam ich zu Geld. Eine unerwartete Erbschaft, nicht wahr? Ich konnte aufhören zu arbeiten, und mein Studium zu Ende machen. Und ein paar Jahre später reiste ich nach England und lernte dort einen Mann kennen. Es war …«

Carmen lächelte nun leise.

»Liebe auf den ersten Blick, so sagt man doch?«

Mags holte tief Luft.

»Was ist damals am Strand wirklich geschehen?«

»Wer weiß?«

»Und jetzt?«

»Jetzt gibst du mir erst einmal den Brief. Bitte.«

Carmen zog ihre Hand aus der Tasche, und Mags sah, dass sie eine kleine Pistole hielt.

32

»O nein.«

Mags sah von der Pistole zu Carmen und wieder zurück.

»Wenn ich noch einmal in eine solche Situation komme, dann wird mein Mann ernsthaft, ernsthaft böse sein, hat er gesagt. Ich habe ihm versprochen, mich nie wieder so einer Gefahr auszusetzen.«

»Zu spät. Du hättest einfach an den Selbstmord glauben sollen.«

»Das war deine Stimme, vor meinem Fenster am ersten Tag, oder?«

»Was?«

Carmen schien aus dem Konzept gebracht.

»Deine Stimme. Ich habe dich gehört, durch mein Zimmerfenster. Du hast gesagt: *Sie muss verschwinden, so oder so.* Das war kein Traum. Das warst du. Du hast dich mit jemandem unterhalten. Mit Edwin. Also weiß er Bescheid?«

Carmen lachte.

»Edwin war ein bisschen zimperlich am Anfang. Aber er hat die Tabletten besorgt. Ich musste sie nur noch in die Thermoskanne geben. War ein Kinderspiel.«

Mags dachte an Anne Taylor, daran, wie sie vor der Bank im Liliengarten gelegen hatte, und spürte, wie die Wut in ihr immer größer wurde.

»Und jetzt ist er mit den Hamiltons unterwegs, nur ich habe leider Migräne bekommen und liege in meinem Zimmer.«

»Was hast du vor?«

»Gestern im Pub hat mir dein Mann eine spannende Geschichte erzählt. Ein geheimnisvoller Einbrecher, der geschnitzte Figuren zurücklässt?«

»Und?«

Carmen zog mit ihrer freien Hand etwas aus ihrer Tasche, eine geschnitzte Figur eines Schafes, die Mags gestern noch im Schuppen von Gulliver auf dem Tisch hatte liegen sehen.

»Sieh mal, wenn ein Schnitzmesser neben dir gefunden wird, dazu dann noch diese Figur hier, werden alle jemand anderen verdächtigen, oder? Der ach so liebenswerte Dieb, der sich plötzlich doch als sehr gefährlich herausstellte.«

Sie legte die Figur auf den Tisch.

»Und jetzt gib mir den Brief.«

Mags blieb ruhig sitzen und musterte Carmen.

»Willst du nicht wissen, was Anne Taylor geschrieben hat?«

»Neugierig bis zum Ende, oder?«

»Mach ihn auf.«

Mags war ganz ruhig und gab Carmen den Brief mit einem Lächeln.

Vorsichtig und ohne die Waffe zu senken zog sie mit einer Hand die Seiten aus dem Briefumschlag und sah sie sich an. Ihre Stimme überschlug sich.

»Was soll das?«

»Was soll was?«

Mags sah, wie Carmen verwirrt auf die leeren Seiten starrte.

»Hier steht nichts. Das ist nur leeres Papier!«

»Ja, nicht wahr?«

»Aber –«

Mags stand auf, während Carmen immer noch verwirrt auf die weißen Blätter in ihren Händen starrte. Sie ignorierte die Waffe völlig.

»Nehmen wir mal an, Anne Taylor hat mir gar keinen Brief geschrieben.«

Carmen sah auf und zeigte mit der Waffe auf Mags. Zum ersten Mal zeigte ihre Stimme so etwas wie Nervosität.

»Hinsetzen.«

»Nein.«

»Du sollst dich hinsetzen!«

Mags schüttelte den Kopf und trat einen weiteren Schritt vom Tisch zurück.

»Die Waffe ist leer.«

»Was?«

»Jemand war so nett, sich gestern Abend in dein Zimmer zu schleichen und nach einer Waffe zu suchen. Jemand, der dann sorgfältig alle Munition entfernt hat.«

»Aber ...«

»Es ist vorbei, Carmen.«

Sie hörte Schritte hinter sich.

Nigel Bloomfield trat aus dem Schatten des Cottage neben Mags, ein entspanntes Lächeln auf den Lippen.

Mags sah weiterhin Carmen an.

»Weißt du, ich habe mich wirklich die ganze Zeit gefragt, wer Miss Taylors einer Mensch unter den sechsundfünfzig Millionen gewesen sein mochte. Sie hat jemanden erkannt, unter den Reisenden. Und sie wusste nicht, was sie tun sollte. Warum? Warum sollte sie jemanden nicht begrüßen, warum nicht ansprechen? Sie war zwar eigen, aber sie achtete doch so sehr auf Höflichkeit. Und da habe ich Nigel gebeten, mir zu helfen. Ich hatte da so ein Gefühl, dass er der ganzen Sache vielleicht nicht abgeneigt wäre. Eric meinte am ersten Tag zu mir, dass er wetten würde, Nigel sei in seinem früheren Leben beim Militär gewesen. So war es doch auch, oder?«

Nigel Bloomfield nickte.

»O ja. Ich fürchtete schon, dass es einem guten Beobachter nicht entgehen würde.«

»Auch Anne Taylor hat es gesehen, oder? Und dir von ihrer Arbeit bei Gericht erzählt.«

»Ja. Sie fragte mich ohne Vorwarnung, ob ich mich mit Geheimnissen auskennen würde. Sie hat mir von ihrem Beruf erzählt und auch, dass sie nicht über den Inhalt der Prozesse sprechen dürfe, dass sie einer Schweigepflicht unterläge. Und sie wollte von mir wissen, ob ich mir Gründe vorstellen könnte, warum jemand diese Schweigepflicht brechen dürfte.«

Er sah zur Hausecke, um die gerade Sam bog, neben sich Eric und eine groß gewachsene, schlaksige Figur – Inspector Corriegan. Mags schnappte nach Luft. Mit der Anwesenheit des Polizisten hatte sie nicht gerechnet, und sie fragte sich, wie er ins Spiel gekommen war. Noch bevor sie sich von ihrer Überraschung erholt hatte, trat der Inspector vor und sah an ihr vorbei zu Carmen, deren Hand mit der Waffe deutlich zu zittern begonnen hatte.

»Ihr Verlobter befindet sich in unserem Gewahrsam, Miss Fernandez. Meine Leute nehmen ihn gerade fest.«

»Edwin? Was?«

Carmen Fernandez ließ hilflos ihre Waffe sinken und schloss die Augen.

»Ich sage kein Wort mehr.«

»Das müssen Sie auch nicht.«

Der Inspector trat einen weiteren Schritt vor und nahm Carmen die Waffe aus der Hand. Mags atmete erleichtert auf – auch wenn ihr Nigel Bloomfield mehrmals glaubhaft versichert hatte, dass er nicht nur die Patronen aus der Waffe genommen, sondern auch den Abzugsmechanismus dauerhaft blockiert hatte. Trotzdem klebte ihr das T-Shirt am Rücken, und sie konnte spüren, wie jeder Muskel in ihrem Körper von der extremen Anspannung schmerzte. Sie blickte sich um und sah, wie Sam auf sie zukam. Doch bevor sie ihn in die Arme schließen konnte, hatte sie noch etwas zu sagen.

»Inspector?«

Corriegan, der Carmen gerade Handschellen angelegt hatte, drehte sich langsam zu ihr um.

»Mrs Blake?«

»Ein Selbstmord also? Klar zu erkennen?«

Sie sah, wie ein kurzes Lächeln in seinen Augenwinkeln aufblitzte, und merkte, wie die Kälte und Anspannung in ihr von einer Welle heißer Wut überspült wurden.

»Vergessen Sie es.«

Als sie sich abwandte und auf Sam zuging, hörte sie seine leise Stimme.

»Man sieht sich doch immer zweimal im Leben, oder, Mrs Blake?«

Bevor sie reagieren konnte, hörten alle, wie mehrere Autos die Zufahrt zum Cottage hinauffuhren und vor dem Haus hielten. Kurz darauf bog eine Gruppe uniformierter Polizisten um die Ecke des Hauses und eilte mit schnellen Schritten auf den Inspector zu.

»Die Zielperson ist kurz vor dem Zugriff in Shelter Gardens auf uns aufmerksam geworden und konnte entkommen.«

Mags hörte, wie Carmen Fernandez anfing zu lachen.

»Edwin ist schlauer als ihr alle zusammen – den bekommt ihr nicht.«

»Abführen.«

Der Inspector ließ sich nicht provozieren.

»Ist eine Fahndung raus?«

»Ja, Sir. Er scheint zu Fuß unterwegs zu sein – weit sollte er nicht kommen.«

Mags wollte noch etwas sagen, doch da zog Sam sie in seine Arme, wo sie glücklich seinen Duft einatmete und seine Wärme genoss. Arm in Arm gingen sie in Richtung Küche, aber kurz vor der Tür drehte sich Mags doch noch einmal um. Sie hörte Sam seufzen und spürte seinen festen Griff an ihrem Oberarm.

Inspector Corriegan stand immer noch neben ihrem Gartentisch und ließ seinen Blick nachdenklich über die Umgebung schweifen.

»Wie kommt es, dass Sie plötzlich hier aufgetaucht sind? Sie haben mir doch sehr deutlich gemacht, dass Sie nicht an einen Mord glauben?«

Der Inspector blickte in einem winzigen Moment der Unsicherheit zu Eric und Sam, dann sah er ihr fest in die Augen.

»Ich wurde überzeugt – und außerdem wäre es schlecht für meine Statistik gewesen, wenn es einen zweiten Todesfall innerhalb meiner Ermittlung gegeben hätte. Mir wurde glaubhaft versichert, dass Sie dazu neigen, sich in Gefahr zu bringen, anstatt uns unsere Arbeit tun zu lassen.«

Mags beschloss, auf diese letzte Bemerkung nicht einzugehen.

»Statistik?«

»Ja. Und nun werde ich versuchen, in dieser ganzen laienhaften Inszenierung noch ausreichend Beweismaterial zu sichern, um die ganze Geschichte vor Gericht bringen zu können.«

Er sah Mags von oben herab an.

»Denn im Gegensatz zu Ihnen leiste ich richtige Polizeiarbeit, während Sie sich auf Ihren Lorbeeren ausruhen können.«

Mags fragte sich erneut, was der Inspector gegen sie hatte, war aber im Moment zu müde, um dem Ganzen nachzugehen. Sie löste sanft Sams Hand von ihrem Arm und trat näher an den Inspector heran.

»Auf dem Tisch liegt unter der Zeitung ein Aufnahmegerät. Mein Mann nutzt es, wenn er neue Ideen festhalten will. Sie werden darauf meine gesamte Unterhaltung mit Miss Fernandez finden.«

Sie sah, wie er den Tisch musterte.

»Sie schulden mir etwas – ich habe Ihre Statistik gerade ganz schön aufgewertet.«

Sie wartete seine Antwort nicht ab und ließ ihn mitsamt seinen wütend zusammengezogenen Augenbrauen einfach in ihrem Garten stehen.

33

»Als ich Nigel von Anne Taylors Überlegungen zu der Wahrscheinlichkeit einer zufälligen Begegnung mit einer bekannten Person erzählte, und er mir dann von ihrer Frage nach der Schweigepflicht, zählten wir schlicht eins und eins zusammen. Anne Taylor musste während der Reise jemanden wiedererkannt haben. Jemanden, über den sie aufgrund ihrer Arbeit bei Gericht nicht sprechen durfte – und irgendetwas hatte sie dazu gebracht, genau damit zu hadern.«

Sie hatte sich zusammen mit Sam, Eric und Nigel Bloomfield in ihre Küche gesetzt, vor ihnen Becher mit dampfendem Tee. Der Inspector und Carmen Fernandez waren schon längst losgefahren.

Mags merkte, wie immer noch Adrenalin durch ihren Körper rauschte, und war froh, dass Sam unter dem Tisch ihre kalten Hände mit seinen wärmte.

»Dann war nur noch die Frage, wen aus der Gruppe sie erkannt hatte. Und was bei dieser Begegnung dafür sorgte, dass sie Nigels Rat aufgrund der Schweigepflicht suchte. Denn es musste jemand aus der Gruppe gewesen sein, oder?«

Mags lächelte Nigel zu, der sich wieder in den fröhlichen Pensionär verwandelt hatte und an einem Becher mit süßem Tee nippte.

»Ja. Denn anders als die Polizei war ich, genau wie

Mags, schon früh misstrauisch geworden. Der Unfall im Coachhouse Inn und auch der angeblich defekte Warnmelder im Blackmill erschienen plötzlich in einem ganz anderen Licht.«

Mags nahm den Faden auf.

»Die Frau, die die Treppe herunterfiel, hatte eine gewisse Ähnlichkeit mit Anne Taylor, oder? Im Dunkeln hätte man sie leicht verwechseln können. Und das leere Zimmer im Blackmill – mir ist erst später klar geworden, dass eigentlich Anne darin schlafen sollte. Nur, dass sie aus Höhenangst um ein anders Zimmer gebeten hatte. Wie immer aber war sie dabei leise und unauffällig. Wahrscheinlich wusste nur ich, dass das Zimmer neben mir leer war.«

»Ja, ich nehme an, Carmen hatte von dem Tausch gar nichts mitbekommen. Ich vermute, sie wollte Anne ersticken und es dann durch den ausgelösten Melder wie einen Unfall aussehen lassen. Nur war Anne gar nicht in dem Zimmer.«

Eric schüttelte den Kopf.

»Das sind eine Menge Vermutungen.«

»Ja. Das war mein Problem. Keiner würde mir glauben, das ist mir schnell klar geworden.«

Sie sah Eric über den Tisch hinweg an.

»Du hast mir nicht geglaubt.«

»Ja. Und es tut mir leid.«

Sie alle blickten auf die dampfenden Teebecher in ihren Händen und schwiegen.

Dann ergriff Mags wieder das Wort.

»Ich habe alles, was Carmen im Garten gesagt hat,

aufgezeichnet. Und es gibt den unleugbaren Fakt, dass sie mich mit einer Waffe bedroht hat. Das sollte reichen, um den Fall noch einmal aufzurollen. Ich glaube, wenn Corriegan jetzt in die richtige Richtung ermittelt, wird er etwas finden. Irgendwoher müssen die beiden ja das Gift gehabt haben und die Tabletten, die sie in Annes Gepäck geschmuggelt haben. Ich hoffe, der arrogante Inspector findet ausreichend Beweise. Und ich hoffe, sie finden Edwin, bevor er sich aus dem Staub machen kann.«

Sie warf Eric einen schnellen Blick zu. Er stand auf und kam zu ihr.

»Mags, es tut mir leid.«

»Warum hast du mir nicht geglaubt?«

»Ich dachte, du siehst da etwas, was nicht da ist. Das Ganze war zu unlogisch, nichts passte wirklich zusammen. Ich dachte, du würdest aus Angst handeln. Ich wollte dich beschützen. Vor dir selbst.«

Mags war aufgestanden und ließ Eric nicht aus dem Blick.

»Warum glauben eigentlich immer alle um mich herum, dass sie mich beschützen müssen?«

Sie bekam keine Antwort und hatte auch nicht damit gerechnet. Müde schüttelte sie den Kopf.

»So – und jetzt muss ich noch etwas erledigen. Nigel, ich danke dir sehr für deine Hilfe, und ich bin froh, dass wir beweisen konnten, dass Anne Taylor sich nicht selbst umgebracht hat.«

»Ja. Es war auch mir eine Freude. Du bist eine mutige Frau.«

Sie drückte ihm einen Kuss auf die Wange und sah ihn dann lächelnd an.

»Ich hoffe, wir sehen uns heute Abend im Pub?«

»Natürlich!«

Sie blickte zu Sam hinüber, der bisher still am Tisch gesessen hatte.

»Kommst du mit?«

»Wohin auch immer du willst, Mags.«

Sie grinste und ging aus der Küche. Eine letzte Aufgabe wartete noch auf sie.

34

»Darf ich fragen, wohin wir fahren?«

Mags sah kurz zu Sam, der entspannt auf seinem angestammten Platz auf dem Beifahrersitz saß und dann wieder auf die Straße.

»Zu Jim.«

»Warum sollten wir zu Jim ...«

Sam sah sie verblüfft an.

»Du hast den Jungen zu Jim geschickt?«

»Ich habe ihm gestern bei seinen Sachen einen Zettel mit Jims Adresse hinterlassen und dazu geschrieben, dass außerhalb des Dorfes ein Mann wohnt, der auch schnitzen kann und dass er dort eine Tasse Tee und ein warmes Bett bekommen kann. Ob er dort auch aufgetaucht ist, weiß ich nicht. Noch nicht.«

Sie fuhr die vertraute Strecke und bog in den Weg, der zu Jims Haus führte. Nach einigen Minuten bogen sie um die Kurve und sahen das flache alte Bauernhaus, das Jim in den letzten Jahren ganz nach seinen Bedürfnissen renoviert hatte. Im Obstgarten neben dem Haus stand unter einem alten Apfelbaum Mags alter VW-Bus Puckpuck, der nach einem Motorschaden nun Jims Hühnern als trockener Unterschlupf diente. Ein würdiger Ruheort für den grünen Bus.

Als sie den Motor abstellte, griff sie nach Sams Hand.

»Danke. Danke für dein Vertrauen.«

Dann öffnete sie langsam die Tür, stieg aus und blieb neben dem Bus stehen.

Sie konnte an Jims Küchenfenster eine Bewegung erkennen. Kurz darauf ging die runde Holztür auf, und ihr Onkel kam auf sie zu.

»Mags!«

Er drückte sie und musterte sie dann von oben bis unten.

»Wie schön, dass du wieder da bist. Und du hast gleich Sam mitgebracht. Den Indiana Jones von Rosehaven, oder?«

Sam lachte, auch wenn sein Lachen etwas angestrengt klang.

»Nun gut. Ich denke, ich sollte euch jemanden vorstellen. Er kam gestern mit einem Zettel in der Hand an und sah aus, als könnte er etwas Ruhe vertragen.«

Mags merkte, wie ihr ein Stein vom Herzen fiel.

»Er ist wirklich gekommen?«

»O ja. Er hat mich und die Hühner und Katzen erstmal zwei Stunden lang beobachtet. Ich habe mich dann einfach vors Haus gesetzt, mit der Schnitzarbeit, die ich noch für die Kleine von Mrs Miller machen wollte.«

Mags lachte. Wenn es jemand schaffen würde, einem verlorenen Jungen Sicherheit zu vermitteln, dann Jim.

»Da konnte er nicht widerstehen, was?«

Jim nickte zustimmend, wurde dann aber ernst.

»Seid vorsichtig mit ihm. Ich denke, er hat eine Menge mitgemacht. Aber er sagt, er möchte euch kennenlernen. Gestern hat er sich vor allem erschrocken.«

»Ich habe auch etwas für ihn.«

Die Polizei hatte das Schnitzmesser, das Carmen aus dem Schuppen genommen hatte, eingesteckt, aber Mags hatte einen guten Ersatz gefunden. Sie zeigte Jim, was sie in der Hand hielt.

»Das ist das Messer deines Vaters, oder?«

»Ja. Ich dachte, es könnte dem Jungen gefallen.«

Sam sah Jim neugierig an.

»Hat er auch einen Namen?«

»Ja. Er heißt Peter. Einfach nur Peter. Kommt. Ich habe Tee gekocht.«

35

Mags saß zusammen mit einem großen Teil der Dorfbewohner auf dem Platz vor Mr Kelvins Pub und ließ sich die warme Junisonne ins Gesicht scheinen.

Der Wirt des Pubs hatte spontan alle Dorfbewohner zu einem Grillfest zur Sommersonnenwende eingeladen. Nicht alle Gäste wussten, warum gefeiert wurde, aber alle wussten, wie ein gutes Fest auszusehen hatte.

Und so gab es Fleisch und Fisch von Mr Kelvins Grill, und einige große Tische waren über und über mit Salaten, Broten und vor allem Kuchen in jeder Form bedeckt. Für die Unkosten der Getränke wurde ein großes gelbes Sparschein durch die Menge gereicht. Neben Mags saß Sam, der sich mit Jim unterhielt, und sie bekam auf halbem Ohr mit, dass ihr Gespräch sich um die Frage nach einer Unterkunft und Arbeit für Peter drehte. Träge öffnete sie die Augen und stupste dem jungen Mann in die Seite, der mit großen Augen ebenfalls den beiden Männern zuhörte.

»Peter? Magst du überhaupt bleiben? Also hier in Rosehaven?«

Sie sah in das runde Gesicht unter den kurzen braunen Locken. Die Wangen waren von einigen Sommersprossen bedeckt, die sich auch auf der Nase des jungen Mannes tummelten. Einer Nase, die in ihrem Leben sicherlich schon mehr als einmal gebrochen war.

Und das sicher durch Gewalteinwirkung, da war Mags sich sicher, auch wenn Peter nicht viel über seine Vergangenheit erzählte. Er war gerade mal achtzehn Jahre alt und kam aus London. Sam hatte versucht, etwas über seine Familie oder Angehörige aus Peter herauszubekommen, aber er schwieg. Niemand suchte ihn, niemand hatte ihn als vermisst gemeldet. Eric hatte noch ausreichend Kontakte, um das zu prüfen. Da Peter volljährig war, hatte man ihn sich selbst überlassen – bis er nach Rosehaven gekommen war. Er sah Mags an.

»Die meinen das ernst?«

Mags lächelte und dachte gleichzeitig, wie viel der erstaunte und zweifelnde Gesichtsausdruck von Peter über dessen Vergangenheit verriet. Wahrscheinlich hatte der Junge bisher wenig Gründe in seinem Leben gehabt, jemandem zu vertrauen. Sie hoffte, dass er seine Angst überwinden und bleiben würde.

»Ja, die beiden meinen das sehr ernst. Sie werden dir eine Wohnmöglichkeit anbieten und Arbeit. So wie ich Sam kenne, wird er dich dann aber für die Zukunft zu einer Ausbildung überreden wollen. Sie werden dich unterstützen und dir mit allem helfen. Wenn du das denn auch willst.«

»Einfach so? Ohne Bezahlung? Ohne, dass ich etwas für sie machen soll?«

Jetzt war seine Angst deutlich zu hören, und Mags richtete sich auf.

»Ja. Aber wenn du Geld verdienst, kannst du wie jeder andere auch Miete zahlen, oder?«

Sie wusste selbst, wie schwer es war, zu viel geschenkt zu bekommen.

»Und sie werden fürchterlich neugierig sein, sich ständig in Form von gut gemeinten Ratschlägen einmischen und wahrscheinlich wollen, dass du mit deiner Kunst weitermachst.«

Peter schluckte und sah sie mit blassem Gesicht an.

»Ich soll bleiben?«

Mags versuchte, ihn zu beruhigen.

»Du musst nicht bleiben. Kein Zwang. Keiner wird dich festhalten. Wenn du nicht willst, dann zieh weiter. Aber hier wird immer ein Zufluchtsort für dich sein. Die Winter sind kalt. Aber ich verstehe, wenn du lieber …«

»Nein, nein.«

Peter unterbrach sie und wischte sich über Augen und Nase wie ein kleines Kind.

»Ich will bleiben.«

»Trotz der ganzen neugierigen Leute?«

Peter nickte heftig.

»O ja. Bis jetzt wollte noch nie jemand wissen, wie es mir geht. Niemand hat sich Gedanken darum gemacht, ob mir kalt ist oder ob ich Hunger habe.«

»So schlimm?«

Er sah sie an.

»Schlimmer.«

Sie berührte vorsichtig seine Hand mit ihrer.

»Dann bleib! Wenn du schon mal einen ersten gut gemeinten Ratschlag von mir haben willst: Nimm Jims Angebot, weiterhin bei ihm zu wohnen, an. Ich denke auch, dass das eine gute Idee ist. Er hat einen großen Hof mit ausreichend Platz. Er kann gut schweigen – so wie du wahrscheinlich auch. Und er kann dir eine Menge beibringen. Er weiß, was man mit seinen Händen und ein wenig Werkzeug alles Mögliche aus Holz machen kann.«

Sie lächelte Peter noch mal aufmunternd an und stand dann auf und winkte Sam, ihr zu folgen. Sie gingen die wenigen Meter bis zur Hafenmole und setzten sich dort auf eine umgedrehte Kiste. Sanfter Wind strich vom Meer den Hellford River hinauf und Mags atmete tief ein. Sam sah hinüber zu Peter und dann zurück zu Mags.

»Meinst du, es klappt?«

»Keine Ahnung, aber einen Versuch ist es wert.«

Mags hatte sich an Sams Schulter gelehnt und sah auf die Menschen Rosehavens, die gemeinsam feierten. Alte wie neue Bewohner, Freunde und Familie, Gäste und diejenigen, die heute durch Zufall ins Dorf gekommen und aufgefordert worden waren, sich dazuzugesellen. Dann sah sie wieder zu Peter, der glücklich und zufrieden neben Jim schnitzte.

War von Liebe überwältigt.

36

Die Sonne war am Horizont versunken, und die Menschen hatten Kerzen aufgestellt, um die Tische zu erleuchten und die Mücken, die der abflauende Wind nicht verscheuchen konnte, abzuschrecken. Viele der Bewohner und Besucher waren schon in ihre Häuser, Wohnungen oder Ferienzimmer zurückgekehrt.

Mags saß noch mit Sam, Eric und Miss Clara an einem der Tische. Mr Kelvin, ein Mann, der Traditionen liebte und lebte, hatte die letzte Runde ausgerufen, so wie er es jeden Abend tat. Zusammen mit einigen Helfern begann er nun, die leeren Gläser und Teller einzusammeln.

»Müssen wir auch helfen?«

Mags gähnte und sah zu Miss Clara, die in solchen Situationen stets ihr moralischer Kompass war.

»Nein Mags, heute nicht. Wir haben schon genug getan. Du hast schon genug getan.«

»Na, dann ist ja gut.«

Sie ließ sich wieder gegen Sams Schulter sinken und blickte gedankenverloren auf das Wasser des kleinen Hafenbeckens, das vom Mondlicht erhellt wurde. Sie war froh, daheim zu sein. Und sie war froh, den Mut aufgebracht zu haben, Carmen Fernandez zu stellen. Ob und was die Polizei nun aus der Geschichte machen würde, lag nicht mehr in ihrer Hand. Aber sie hatte getan, was sie konnte, um Anne Taylor Gerechtigkeit zukommen zu lassen. Und auch wenn sie hoffte, nie wieder in eine solche Situation zu kommen, sie wusste, sie würde immer wieder genauso handeln. Weil es das Richtige war. Sie musste auch immer noch an den vermeintlichen Elfen denken, den das Schicksal nach Rosehaven gebracht hatte. Denn warum sonst hatte sich Peter von all den Dörfern an der Küste, von all den Städten und Dörfern in England gerade das aussuchen sollen, in dem er auf Menschen treffen würde, die an ihn glauben würden? Wie hoch war die Wahrscheinlichkeit? Aber genau da war der Unterschied zwischen ihr und Anne Taylor. Und genau das war vielleicht auch der Grund, warum sie sich nicht von den Fakten und Beweisen der anderen davon abhalten ließ, ihrem Gefühl zu vertrauen. Sie glaubte nämlich nicht an Wahrscheinlichkeiten, sondern an das Schicksal. Egal, ob es gerade die schlimmsten oder die besten Dinge mit sich brachte.

Müde sah sie in die Gesichter ihrer Liebsten, die von Kerzenschein und Mondlicht erleuchtet wurden. Sie alle saßen in diesem warmen, tröstenden Schweigen beieinander, wie nur gute Freunde es konnten.

Doch die Stille wurde jäh unterbrochen, als ein Auto mit hoher Geschwindigkeit gegen alle Regeln die enge Dorfstraße herunterfuhr und kurz vor ihnen zum Stehen kam. Eine schlanke, hochgewachsene Frau stieg aus dem roten Sportwagen und ging mit großen Schritten auf sie zu. Mags sprang auf.

»Mary! Was ist passiert?«

Sogar im schwachen Mondlicht war zu erkennen,

dass die Polizistin geweint hatte. Unter ihren Augen waren tiefe Ringe zu sehen, und die sonst immer so untadelig zu einem Zopf gebundenen Haare standen wild vom Kopf ab. Ihre Kleidung sah aus, als hätte sie in ihr geschlafen, und ihre Hände zitterten.

Auch Eric, der früher Marys Vorgesetzter gewesen war und mittlerweile die Rolle eines Mentors übernommen hatte, war aufgesprungen.

»Wir dachten, du bist mit Tim im Urlaub!?«

Mary ließ sich schwer an den Tisch sinken und schloss die Augen.

»War ich auch.«

»Was ist denn los? Geht es um Tim?«

Sie öffnete die Augen und sah zuerst Eric und dann Mags an.

»Sie haben Tim heute früh verhaftet. Er ist auf seinem alten Stützpunkt inhaftiert.«

»Was?«

Tim Robinson war ein ehemaliger Royal-Air-Force Pilot, der vor zwei Jahren den alten Segelflugplatz unweit von Rosehaven gekauft und dort mit seinem Unternehmen RobinFly Rundflüge für Touristen anbot. Er und Mary waren seit einiger Zeit ein Paar, hatten jedoch immer wieder Höhen und Tiefen durchlaufen.

»Tim ist verhaftet worden. Die Militärpolizei hat ihn festgenommen.«

»Warum?«

Erics tiefe Stimme, ruhig und klar. Ein Anker.

»Er soll in einer Bar bei einer Schlägerei jemanden getötet haben. Einen Offizier. Sie sagen, es war Mord.«

»Gibt es Beweise?«

Mary sah Eric an und schüttelte den Kopf.

»Nein, die brauchen sie aber auch nicht.«

Sie schnappte krampfhaft nach Luft, und Mags konnte sehen, dass ihre Freundin sich nur noch mit allerletzter Kraft aufrecht hielt.

»Er hat gestanden.«

Und damit brach sie zusammen und sank hilflos weinend in Mags' Arme.

LIEBE LESERINNEN,

»*War von Liebe überwältigt*« schrieb die Schriftstellerin Vita Sackville-West, nachdem sie zum ersten Mal im Jahr 1930 das damals völlig verwilderte Anwesen des Herrenhauses Sissinghurst besichtigt hatte. Damals war kein einziger Raum des ehemaligen Tudorherrensitzes aus der Zeit von Elizabeth I. bewohnbar. Sie verliebte sich in eine wahre Ruine. Kurze Zeit später kauften sie und ihr Mann, der Journalist und Politiker Harold Nicolson, Sissinghurst und begannen, aus den verfallenen Gebäuden und dem von Schutt und Gestrüpp bedeckten Land ihr Heim und ihren Garten zu machen.

Und was für ein Garten das wurde!

Sissinghurst ist einer meiner Lieblingsorte und wird bei jeder Englandreise, egal wie groß der Umweg dorthin erscheinen mag, besucht. Der Garten, oder besser gesagt die vielen, hinter warmen und schützenden Steinmauern und Hecken angelegten Gärten, haben mich seit meinem ersten Besuch dort verzaubert und in ihren Bann gezogen. Ordnung und Fülle, diese vermeintlichen Gegensätze, haben Vita und Harold zu dem Motto ihres Lebensprojektes gemacht – und ich habe selten einen so lebendigen und gleichsam klaren Garten gesehen wie Sissinghurst. Was mich jedoch immer am meisten beeindruckt und mich fast ehrfürchtig durch den Garten gehen lässt, ist die schiere Kraft der Vorstellung, die es diesem außergewöhnlichen Paar ermöglicht hat, so ein Paradies zu schaffen.

Sollten Sie ebenfalls nach Südostengland reisen und dort Sissinghurst besuchen – seien Sie mir nicht allzu böse, wenn Sie nicht die im Buch beschriebene Pension vorfinden. Sie ist das Produkt meiner Phantasie und war der schlichten Notwendigkeit geschuldet, alle dreizehn Figuren an einen Tisch (und später in ausreichend Betten) zu bekommen. Das echte zu Sissinghurst gehörende B & B ist bezaubernd, aber schlicht zu klein für Mags' Reisegruppe.

Und auch die Bank, auf der die Geschichte ihren Anfang nahm, steht nicht an der Stelle, an der ich sie platziert habe. Ich habe mir die Freiheit genommen, Sissinghurst ein weiteres »Zimmer« – einen Liliengarten hoffentlich ganz nach Vitas Geschmack – anzudichten.

Ich habe während Mags' Abwesenheit aus Cornwall erstmals Sam über die Schulter geblickt und freue mich, dass er und die Bewohner von Rosehaven mit Verstand, Herz und auf ihre ganz eigene Art und Weise ebenfalls einem Rätsel auf die Spur gekommen sind – auch, wenn es am Ende dann doch Mags war, die den richtigen Riecher hatte.

Ich hoffe sehr, dass Sie es genossen haben, erneut mit mir nach England zu reisen, durch die Gärten zu schlendern und alte und neue Freunde zu treffen.

Herzlichst,
Ihre Mary Ann Fox